あの頃のB《ビー》L《エル》の話をしよう

ボーイズラブインタビュー集

はじめに

ＢＬ（ボーイズラブ）と呼ばれる、男性同士の恋愛関係や強い結びつきを描くエンターテインメントジャンルは、いまや当たり前のように存在しています。

とはいえ、突然現在のような形で誕生したわけではありません。小説、漫画、映画、同人誌……様々なものを土壌に萌芽し、育ってきたＢＬにも、ジャンルの先行きなど何もわからなかった時期があり、作り手も受け手も熱に浮かされたように駆けつづけた時期がありました。

男性同士の恋愛漫画を集めたアンソロジーが刊行されはじめた八〇年代末から、〈ボーイズラブ〉〈ＢＬ〉という言葉が浸透し、雑誌の創刊・休刊が繰りかえされていた九〇年代――あの頃、渦中にいた作家や編集者は、いったいどんなことを感じ、考えながら、ＢＬを作りつづけていたのだろう。

そんな人たちに〝あの頃〟のＢＬの話を聞いてみたい。

それが本書のはじまりでした。

ＢＬでキャリアをスタートさせた作家が一般誌でも才を発揮する好例を作り、先駆者となった、よしながふみ氏。

ＢＬ誌創刊ブームの最中に大ヒット作品を複数抱え、想像を超える多忙の日々を送っていた、こだか和麻氏。

カリスマ的人気を誇った同人誌サークルで活動後、独自の作風が際立つＢＬ小説家としてゆるぎない支持を得つづけている、松岡なつき氏。

〈ボーイズラブ〉という言葉が世に広まるきっかけを作ったＢＬ誌『イマージュ』を創刊し、ＢＬ小説家としても活躍した、霜月りつ氏。

ＢＬブームを牽引した人気雑誌『ＭＡＧＡＺＩＮＥ ＢＥ×ＢＯＹ』を創刊し、初代編集長を務めた太田歳子氏。

この人たちと〝あの頃〟の話をしてみたい、そう強く願った希望が奇跡的に叶い、五人のあの頃の話をお聞きすることができました。

貴重なエピソード続出の話を最後まで楽しんでいただけたら幸いです。

もくじ

第2章

イラスト　　　　ナツメカズキ
デザイン・DTP　伊藤あかね

本書籍に記載のデータは、2016年6月現在のものです。

第1章

漫画家 よしながふみ

Profile

東京都出身。高校在学中に同人誌活動を開始、大学進学後も活動を続ける。九三年頃から同人誌人気に拍車がかかった『SLAM DUNK』ジャンルの同人誌で注目を集め、九四年に「月とサンダル」（芳文社『花音』十月号掲載）でデビュー。卓越したストーリー構成や心情描写の巧みさは、初期のBLコミックス『月とサンダル』『ソルフェージュ』（どちらも芳文社／花音コミックス）、『本当に、やさしい』（ビブロス／BE×BOY COMICS）などの時点ですでに定評があり、「BLはあまり読まないが、よしなが作品なら読む」という読者が多く存在。九七年から新書館の少女漫画誌『ウィングス』にも活動の場を広げると、九九年から同誌で連載が開始された『西洋骨董洋菓子店』（新書館／ウィングス・コミックス）がTVドラマ化され、一躍、少女漫画家としての認知度が高まる。一方、BL作品執筆の機会は減り、〇二年にビブロス『BE・BOY GOLD』十二月号に掲載された「私の永遠の恋人」（太田出版／fx COMICS『それを言ったらおしまいよ』収録）以降、BL誌には作品を発表していないが、自作に登場する男性キャラクターたちの関係を描いた番外編を同人誌として発行。同人誌活動は〇六年以降休止していたが、一五年より

よ

BLが好きな人の大半は、物語が好きな人なんだと思います

再開した。〇四年から『大奥』を白泉社の少女漫画誌『メロディ』で連載開始。〇七年に講談社の青年漫画誌『モーニング』で連載開始された『きのう何食べた？』とともに、一六年現在も続く長期連載となっている。『西洋骨董洋菓子店』で第二十六回講談社漫画賞少女部門（〇二年）、『大奥』（白泉社／ジェッツコミックス）で第五回センス・オブ・ジェンダー賞特別賞、第十回文化庁メディア芸術祭マンガ部門優秀賞（どちらも〇六年）、第十三回手塚治虫文化賞大賞（〇九年）、二〇〇九年度ジェイムズ・ティプトリー・ジュニア賞（一〇年）、第五十六回小学館漫画賞少女向け部門（一一年）を受賞している。

同人誌を出すのも読むのもあまりに楽しかった

――BL誌でデビューする前から同人誌活動をされていましたよね。

よしなが　最初は『ベルサイユのばら』の二次創作をしていました。とにかく『ベルばら』が大好きで、もしも同人誌を出さなかったら一生後悔すると思ったんです。それで意を決して、高校生のときに初めて作った同人誌が九十ページ以上にもなって(笑)。自分のなかでそれだけ情熱が溜まっていたんでしょうね。徹夜で原稿を描いて、眠くて死にそうになりながら塾に行ったのを覚えています。顔色も相当悪かったのか、塾の先生に心配されました。どうしてよく覚えているかというと、塾帰りに[1]印刷所に入稿しにいく予定だったのですが、印刷所に向かう電車のなかで目の前のおじさんが読んでいた新聞が昭和天皇崩御を知らせる号外だったからです。

――八九年の一月七日ですか。それは印象深いですね。

よしなが　イベントが予定どおり開催されるのかという問い合わせの電話がバンバンかかってくるなか、印刷所のお姉さんが電話応対を忙しそうにしていました。そのお姉さんには、初めての同人誌だと聞いたがこんなに原稿を描いたのか、と驚かれました。あれが人生最初で最後の「原稿で徹夜」でした。すごくつらかったので、その後、仕事でも同人誌でも絶対徹夜をしないようにしています。

――同人誌活動に特に熱心だったのは、学生の頃でしょうか。

よしなが　そうですね。[2]『SLAM DUNK』に出会ってからです。それまでは、[3]『キャプテン翼』や人気のジャンルに夢中になっている友だちがうらやましかったんです。私は根っからの漫画好きなので、作品やカップリングを問わず、友だちが貸してくれるいろいろな同人作家さんたちの素晴らしい作品をたくさん読ませてもらって、それはそれでとても楽しかったのですが、自分がハマっている作品の同人誌だったらもっと楽しいんだろうな、と思っていました。『ベルばら』もそのあと少し活動していた『銀河英雄伝説』も、人気ジャンルほどサークル数が多くなかったので、やっぱり出会える同人誌の数が違うんです。

――そうしたら運命の出会いが。

よしなが　そうなんです！　『SLAM DUNK』にハマったら、同人誌を出すのも読むのも楽しいなんてものじゃなくて（笑）。あまりに楽しかったので、これをこの先も続けていくにはどうしたらいいんだろう、と考えました。当時、私は学生で、親に面倒をみてもらっていたわけです。卒業も迫ってきますし、学業を終えたあとも同人誌活動を続けるために親に言い訳が立つのって、もう仕事として漫画を描くしかないと思ってしまって。その頃に漫画家の[4]尾崎芳美先生と知り合いまして、実はご近所だったということも縁でいろいろお手伝いさせてもらっていたのですが、尾崎先生に「で、この先どうするつもりなの?」とすごくまじめに問い質されました。就職活動もせず、資格を取るでもなく、同人誌ばかり描いていたので、こいつはいったい将来どうするつもりなのかと、尾崎先生は不安に思ってくださったんじゃないでしょうか。九〇年前後あたりになると、尾崎先生みたいに同人誌活動をしながら商業誌で漫画家デビューされた方が増えはじめていたこともあって、自分のなかで薄らぼんやり自分も漫画を描くことを仕事にできないだろうか、と考えるようになった気がします。

――『SLAM DUNK』ジャンルで同人誌活動されていた九〇年代初頭というのは、BL誌が創刊されはじめて、雑誌側も描き手を多く求めていた時期ですね。

よしなが　八〇年代後半から、同人誌界でたいへん人気が高かった[5]高河ゆん先生やCLAMP先生が商業誌で活動されていましたけれど、主にBL誌ではなく『ウィングス』で『アーシアン』や『聖伝―RG VEDA―』といったファンタジーを描かれていましたし、漫画誌では男女の恋愛漫画以外だと、そういうファンタジーのようなものでないと描く機会はもらえないものなんだろうと思っていました。男女の恋愛漫画もファンタジーもとりたてて描きたいと思っていなかった自分は、漫画家としてやっていくのは難しいと思っていたんです。ところが、私がこの先どうしようかと思いはじめていた頃……九二、三年というのは、BL誌が創刊されだした時期で、[6]二次創作とオリジナルの違いはもちろんありますが、自分が同人誌で描いているようなお話に近いものを描いて仕事になるという道筋がようやく見えだした頃でした。ただ、当時の同人作家さんのなかには、絶対プロにはならずに活動を続けていくという姿勢の方もいらっしゃいました。みんながみんな、同人誌からプロという流れに沿っていたわけではなかったですね。

――ある意味、商業誌で漫画を描くか描かないか、同人作家側に主導権があったわけですね。

よしなが　作家さんに出版社側が描いてくださいとお願いするわけですからね。印象としてですが、特にBL誌では編集者より作家のほうが立場が強かったような気がします。別に商業誌で漫画を描かなくても好きに同人誌で描けますから、という感じで、頭を下げて漫画を描かせてもらうという感じではなかったんじゃないでしょうか。それまでの漫画家と編集者の関係とは少し違うかもしれないです。

――BL誌の創刊以前に[7]『JUNE』が刊行されていましたよね。『JUNE』に投稿や持ち込みをしようと考えたことはありました？

よしなが　それはなかったです。『JUNE』はいわゆる耽美的な作品の代名詞でもありましたが、私が描きたかったものはそういうものではなかったので。『SLAM DUNK』が大好きで二次創作をやっていた私が好んでいた世界って、言ってしまえば、汗だくになって部活をやっている人たちが最終的にセックスに至るというところに萌えを感じていたわけです。読者としては『JUNE』作品を楽しく読んでいたけれど、そこに自分の最大の萌えがあったかといわれるとちょっと違いました。BLの祖として語られることもある少年愛的なものに関してもそうで、『風と木の詩』も『トーマの心臓』も私のなかでは少女漫画として大好きな作品で、ひとつの美しく編まれた物語として非常に愛していますが、BL的な萌えという意味でいえば、少女漫画でそれを感じたのは青池保子先生と山岸凉子先生の作品なんです。

――青池作品だと、『エロイカより愛をこめて』や『イブの息子たち』ですか？

よしなが　そうです。[8]伯爵がノンケのエーベルバッハ少佐のお尻を眺めて罵られたり、足蹴にされたりするのを見て萌えていました(笑)。『イブの息子たち』の主人公のひとりに、バージルというゲイのキャラクターがいるのですが、のちに登場する高杉晋作とバージルの掛け合いのシーンがすごく好きで。押せ押せなゲイの人が空振るというのが好きみたいです。山岸凉子先生の『日出処の天子』も大好きですよ。

——それは厩戸王子《うまやどのおうじ》と毛人《えみし》の関係に惹かれたのでしょうか。

よしなが　作品ももちろん大好きなのですが、どこまでいっても毛人が無神経なノンケというところに惹かれました。毛人の通じなさといったら(笑)。海外ドラマ『SHERLOCK』のシャーロックとホームズも似た関係のように思います。すごいキレ者と凡人の組み合わせで、キレ者にとっては凡人の存在が必要という、ああいう感じが好きですね。自分には美少年趣味的なところはなくて……と言いながら『ポーの一族』のアランには萌えていたかもしれません。あの子は普通の少年であるという心が捨てきれなくて、たまにエドガーに突っかかったりするんですが、そういうところがもう(笑)。エドガーとの関係性というよりも、あくまでもアランの心根というか、エドガーと違って達観できないというところに萌えました。おそらく、あっけらかんとしている凡人で無神経な人がツボなんでしょうね。そういう人が無理やり特別な存在にさせられて「無理ーっ」

て、いっぱいいっぱいになっているのがかわいくてたまりません。

もっともホットな萌えは商業誌では描けない

——自分の萌えツボの根源というか、きっかけになったような作品やキャラクターに心当たりはありますか？

よしなが　なんだろう……それは自分でも知りたいけれど、分析不能だと思います。あまりにもこれまで自分が経験したデータが膨大すぎますよね。ベージュ色が好きな人がなぜベージュが好きなのか考えるようなものじゃないでしょうか(笑)。もちろん、はっきりと理由がある人もいると思いますが、大概は根源的なところはわからないんじゃないかな。でも、いつも目の前に自分の感性にフィットする創作物があったから萌えを自覚したところはあると思います。ベージュが好きな人だって、この世でベージュ色というものを見たことがなかったら、自分がベージュ色が好きなことに気づかなかったと思うんです。こういうものが好きだと思えるってことは、それが供給されたからなんですよね。

ＢＬやＢＬっぽいものが好きだと気づくのは、何ものすごく特別なことではないと思います。別に私たちの趣味が特殊で、何か外的要因があったりトラウマがあったりしたからＢＬが好きなわけではなくて、何かしら物語が供給されて、それに反応したのだ、と。

――その供給源がＢＬ漫画やＢＬ小説、またはほかの何かだったろう、と。

よしなが　私はおじさん好きということもあって、主にテレビドラマから供給を受けていました。漫画や小説にしても、そのものずばりの関係性を描いたＢＬよりも、作者が意図せざるところで描かれた関係性のほうに魅力を感じていて。『銀河英雄伝説』でも二次創作をしていたのですが、作者である田中芳樹先生がそういった妄想を好まれないことは重々承知のうえで、「だがしかし、彼らは……！」と思っていました。[9]双璧とかね、女嫌いのくせに漁色家で、しかも漁っている女より明らかに親友が大事な男と、そんな男にけっして振り向かない愛妻家で、だけど唯一の友である男の組み合わせなんて、萌えずにいられるわけがない、と。

――耽美的な作品を素通りされていたわけではないのですよね？

よしなが　読者としては、楽しく読ませてもらっていました。耽美的なものにより惹かれる人たちもたくさんいて、私の友人も耽美ものが好きだったんですよ。九〇年代の頭くらいに、山藍紫姫子先生の『虹の麗人』や、花郎藤子先生の『恐怖の男たち』など、小説作品が文庫やノベルスではなくハードカバーの単行本として刊行されていまして、友人がそういった本を貸してくれました。特に友人は両性具有ものが好きだったんですが、両性具有のキャラクターが女性性しか持っていなかったら、たぶん友人はその物語に魅力を感じていなかったと思うんです。私は特に両性具有ものが好きというわけではなかったんですが、関係性に対してそういうアプローチの仕方もあるのか、と思いました。その魅力を知ったうえで、自分の描きたいものとは違うな、と感じていました。

――九四年から商業誌で活動をはじめられますが、そのときには自分の描きたいものがはっきりと見えていたのでしょうか。

よしなが　こういうものが描きたいなと思うものは、見えてはいました。ただ、ぺーぺーの新人が描きたいように描かせてもらえるとも思っていなかったんです。私は、同人誌をきっかけに知り合った方が出版社に勤められていたご縁で、『花音』というBL誌に描かせていただくことになったんですが、オリジナルは二次創作とは違って、設定を考えなくてはならないわけです。作家さんがきちんと掘り下げられたキャラクターに対して、このキャラはこういうことを言いそう、こういうことをしそう、とあれこれ想像して楽しむのが二次創作だとすると、オリジナルはその土台を一から立ち上げなくてはならないので、お仕事をはじめる前からそれが大変だと思っていました。そこに自分の萌えるカップリングを託して描こうとは思わなかったですね。

――九四年前後からBL誌がどんどん創刊されて数が増えていったなか、描き手としてはそういった状況をどう捉えていたのでしょうか。

よしなが　私、けっしてBLのいい読者ではなかったんですよ。送っていただいた献本以外は、創刊された雑誌もほとんど読んでいなくて。ただ、雑誌の数が増えていくのは、自分が業界の片隅で仕事をさせてもらえる可能性が増すかもしれないので、それは素直によかった、と思っていました。

――オリジナルBLは、読者としてさほど食指が動きませんでした？

よしなが　オリジナルBLがどうの、ということではないんです。私は二次創作で10やおいを描いていて、読むのも好きで、この二次創作のやおいというのは、ピンポイントに、しかも深く自分の萌えを突いてくるものなんですよ。〝この作品の、このキャラが11受けで、このキャラが攻め〟というところまで細かく規定されたドンピシャのツボを突いてくるわけです。それに比べると、年下攻めとかリーマンものなど、オリジナルBLの萌えの区分は、結構ふわっとしているように感じられて。商業誌のBLというのは、広いストライクゾーンを持っている人のほうがより楽しめるんじゃないでしょうか。そういう意味では、二次創作をやっている人のほうが、これがいいんだというものがはっきりある分、狭量なのかもしれません(笑)。だって私、いまだに『SLAM DUNK』の三井×木暮以上に自分の萌えとしてツボなものってないですから。

――では、最初から同人誌で描くものと商業誌で描くものに、自分のなかで明確な違いがあったということでしょうか。

よしなが　気持ちのうえでは違いました。同人誌の延長線上にあるものを商業誌で描こうとしたことはないです。お仕事をさせていただく前から、もし商業誌で漫画を描かせてもらえるようになったとしても、自分が楽しいと思うことをやろうとするのはやめようと考えていました。そもそも、編集者さんにこう描けと言われたらそのとおりにしなきゃいけないものだと思っていたんですよね。自分が楽しいと思うことは同人誌でやればいい、とそういう気持ちでいました。でも結局、描いてみるとカップリングとは違う意味で、自分の描きたいものしか描けませんでしたが。

――いつか自分の描きたいカップリングの物語を商業誌でも描きたいという気持ちはありませんでしたか?

よしなが　あるにはありましたが、自分のいちばんホットな萌えが三井×木暮ですから、それを商業誌で描くわけにはいかなくて、そのピンポイントな萌えを外したうえで自分がいちばん何を描きたいかと考えると、家族ものだったんです。山田太一作品や向田邦子作品のようなものや、大好きな山岸凉子先生の『天人唐草』で描かれていたような葛藤を自分なりに描きたいと思っていました。私にとってそれは、漫画家になったならいつかそういうものが描きたいという遠い遠い目標だったんですが、BL誌では無理だろうとも思っていました。なので、この先どれだけBL作家としてのキャリアを積んでいくことができるかどうかなんてわからないけれど、とにかく一作一作描いていこう、と。そしてまず一冊コミックスを出してもらえるようになろう、と考えました。そうやってキャリアを積んだら、BLじゃないどこかの雑誌に投稿か持ち込みをして、いつか自分が描きたいものが描けるといいなって。それを十年後くらいの目標にしていました。実際、漫画家としてお仕事をはじめた当時、友人に「十年後くらいに新書館みたいなところで描けたらいいな」と言っていたくらいです。

――新書館の雑誌がお好きだったのですか？

よしなが　伸たまき（現・獸木野生）先生の『パーム』が大好きだったんです。『パーム』はジャンル分けが不能な作品で、そういう作品が載っている雑誌だったら私が描きたいものも描かせてもらえるチャンスがあるんじゃないか、と思っていました。といっても、BLを描くのをやめたいと思っていたわけじゃないですよ。それはそれで、お仕事をいただけるならありがたく、長く続けられたらいいなと思っていました。ただ、当時からBLは短編が主流で、こだか和麻先生が『KIZUNA ―絆―』で大ヒットを飛ばしてくれたおかげで、ヒットすれば長い巻数ものも描けるという展望もあるにはあったんですが、基本的には短編なので、これは才能がないとなかなか続けられないかもしれないなと思っていました。短編ごとに、キャラクターを変え、設定を変え、ストーリーを変え、彼らの出会いから新鮮な気持ちで毎回描くというのは、とても難しいことだろう、と。かといって、自分が十巻二十巻もの長編を描きたかったというわけでもなくて……。同じ短編を描くにしても、自分はBLよりも家族もののほうがいっぱい引き出しがあるという自覚が、わりと早いうちからあったんです。

――九七年には目標どおり新書館の『ウィングス』で『こどもの体温』を描かれていますが、『ウィングス』で描くことになった経緯というのは？

よしなが　『SLAM DUNK』で知り合った方たちのなかでは、私は年下で末っ子みたいな感じだったもので、デビュー前も後も、お姉さん的存在の作家さんたちにすごくお世話になりました。それで、『月とサンダル』という初めてのコミックスが出たときに、小説家の菅野彰先生が新書館とお仕事されていたご縁で、窓口になって編集部との仲介をしてくださって。〝桜花の候、貴社におかれましては〟ではじまるような手紙を添えたコミックスを新書館の編集者さんに渡していただきました。それで、のちに担当についていただく編集さんに一度会っていただけることになったんです。新書館にお伺いして、会議室でこの先どういう作品を描きたいのかを聞かれたので、そのときにもう自分のなかで話ができあがっていた『こどもの体温』の一話めのあらすじを説明したのですが、もう完全なプレゼンです(笑)。私としては、就職面接のような気持ちだったんですよね。思えば、あれが私の最初で最後の就職活動でした。あとで担当さんからお聞きしたのですが、以前から私の同人誌を読まれていたそうです。それで実際に会ってみたら、私のなかで描きたいものがあらかたできあがっていたこともあって、そこからはとんとん拍子に話が進みました。

12 青磁ビブロスの編集さんも、お仕事をはじめる前から同人誌を買ってくださっていまして、その方は同人誌即売会の私のスペースに初めて名刺を持ってご挨拶に来てくれた編集者さんなんです。それをご縁にお仕事させていただくようになって。私より年齢がひとつ下で同じように新米社会人だったので、いろいろウマが合ったのかもしれません(笑)。その方は、現在は違う出版社に移られましたが、いまだにプライベートでお会いしています。

――『花音』はお知り合いのご縁で描くことになったとお話しされていましたね。

よしなが　はい。知り合いが私の担当だったわけではなく、『花音』で担当してくださったのは編集長だったのですが、[13]『花音』は版元である芳文社初のＢＬ誌で、編集長はそれまでＢＬをまったく知らなかった男性ということもあって、初めてお会いしたときは「今、勉強中なんです」と仰っていました(笑)。ただ、漫画編集者としては経験がおありになる方だったので、ネームについての感想や指示がすごく的確で、本当にいろいろ勉強させていただきました。そういう方が初めての担当編集者さんだったことは、とてもありがたかったです。ＢＬ誌の編集者さんは、何誌も掛け持ちしていたり結構な数の作家さんを担当していたりして、みなさん本当にお忙しいこともあって、打ち合わせは電話、原稿を渡すのも宅急便を利用したり、アルバイトさんが取りにきてくださったりして、あまり担当さんと顔を合わせないことも多かったのですが、『花音』の担当さんは打ち合わせのたびにお会いして、目の前で「ネームのここがキュンとくるね！」って言ってくださるんですよ（笑）。ずいぶんと励みになりました。

守りに入ったと感じたときに、BLはこの先も続いていくジャンルになったと思った

――BL誌で描かれていた頃、編集者との打ち合わせで、こういうものを描いてほしいというような具体的なリクエストはありましたか？

よしなが　特にはないです。私がお仕事をはじめた頃は、BLはまだ黎明期で〝BLを出せば売れる〟という感じだったんです。だから、何を描いてもいい雰囲気がありました。登場人物が死んでも、病んでも、世界が終わってもいい。実際そういう話もいくつか描きました（笑）。ポップなものから悲恋ものまで、なんでも描ける幅広さがあったように思います。

――九〇年代後半になり、BL人気が定着してくると、それも変化していきましたよね？

よしなが　お仕事をはじめて二、三年くらい経った頃、なんとなくBLのフォーマットが

できあがりつつあるな、と感じるようになりました。芳文社は担当さんがずっと同じだったのですが、そのほかの出版社さんでは担当さんが替わったことも影響があったのか、はっきりとハッピーエンドを求められるようになって。あと、主要キャラクターに女性がいると「どういう扱いになりますか」と担当さんの警戒心が強まりました。おそらく読者さんからの反応に関して、データが積みあがってきていた頃なんだと思います。現在のＢＬに至る過渡期だったんでしょうね。人気が高まって安定してくると、保守になりますから。

――当時ＢＬ誌が次々と創刊されて市場もできあがっていくなか、そういうジャンルの勢いのようなものは感じていましたか？

よしなが　めちゃくちゃ感じていました。結構な数の編集さんにお声掛けいただきましたから。でもそれは自分だけの話ではなくて、どのＢＬ作家さんも当時はそういう状況だったんですよ。みんなたくさんのＢＬ誌から声がかかって、二年先の予定まで埋まることがめずらしくもなんともなかったんです。

――そんななか限られた雑誌でのみ、お仕事されていた印象があります。

よしなが　理由は単純で、それ以上の仕事量だとパンクするからです。時間というのは無限じゃないから（笑）。結果的に多くの出版社さんからお声掛けいただいてもお断りすることになってしまったので、周囲の人にはずいぶんと心配されました。大御所でもないのにそんなに断って大丈夫か、と。でも私にしてみれば、大御所でもないのに引き受けて原稿を落としたら、そっちのほうが大丈夫じゃないだろう、と。自分が描ける量には限界があるのに、それを超えて仕事を引き受けてはダメだ、と思っていました。自分は月に一本が精いっぱいのペースなので、それ以上は受けられなかったんです。

――自分のキャパシティを冷静に自覚されていたのですね。掲載誌のなかでのポジションやＢＬ作家としてのご自身についても、思うところはあったのでしょうか。

よしなが　私は同人誌をやっていたときから特別カリスマ的な人気があったわけでもないですし、特に気負うところはありませんでした。わりとはっきりと編集さんから、雑誌のなかに一割いてもいいけれど、それ以上はいらないタイプの作家……スポーツでいうところの〝外国人選手枠〟の作家だというようなことは言われていたんです。話も絵も売れ筋ではありませんでしたし、四番打者にはなれないタイプだと自覚もありました。

――ＢＬ好きな読者からとても支持されていた印象があるのですが……。

よしなが　ありがたいけれど、それは一部の読者さんだと思います。なので、ＢＬというジャンルは好きだったけれど、ここで自分は必要とされていないのかもな、とずっと思っていました。ボールを投げても投げても闇に吸い込まれていく感じというか……。

——手応えが感じられなかった？

よしなが　たぶん、編集さんからの反応がほしかったんだと思います。たとえば、ネームのこの部分がわかりにくいから直してほしいと言われたときに、こちらの意図を説明すると「あ、そうですか」とわりとあっさり引き下がられてしまったことがあって。あれ……ガチンコでやり合ってもいいのに、それで終わりか、でもきっと何か私のネームに不足感がおありになったんだよね、と、そのあと自分でネームを何度も見直して、指摘されたのとは違うところでもそこを直せばわかりやすくなるという箇所を見つけて修正し、懸念を払拭できたと思う原稿を送ると、面白かったという感想はもらえるんですが、直したところに関しては何も言及されない。今思うと、そういうことが辛かったですね。もっとネームについて編集さんと打ち合わせをしたかったです。で、直してもなんの反応もいただけないので、どんどん自分の描いたものに自信がなくなっていきました。結局、何がいちばん辛いって、お金をいただいている仕事なのに、対価に見合う仕事ができているのかわからなくて、迷惑をかけているような気がすることなんです。仕事をいただいているのに貢献できていない気がして、なのにお金をもらうということが申し訳なくて。ＢＬを主に描いていたときは、そんなことをずっと思っていました。

――ＢＬを描くのは楽しかったですか？

よしなが　描くこと自体は楽しかったですよ。でも、そんなことをずっと考えていたので、一般誌を中心に仕事をさせていただくようになった頃に、ＢＬは同人誌で描いていこう、と決めました。同人誌だったら、何を描いても誰にも迷惑はかからないので。

――ＢＬというジャンルの先行きに関しては、どういう印象を持っていましたか？

よしなが　仕事はこれしかお受けできません、と依頼をお断りさせていただいた時点で、ある意味自分の世界が閉じていたので、当時のＢＬ誌の状況などはよくわかっていませんでした。ただ、さっきも少しお話ししましたが、なんでも描いてよかったというところから、ある意味守りに入ったと感じたときに、ＢＬはこの先も続いていくジャンルになったんだな、とも思いました。つまり、ジャンルのお約束ができあがってきたということだと思ったんです。それと、その頃にアシスタントとして仕事を手伝ってくれていた人たちがみんな同じくらいの世代で、彼女たちは中学生くらいで[14]『絶愛 ―１９８９―』や[15]『炎の蜃気楼《ミラージュ》』を読んでいて、そういった男同士の関係を描いたものを読んでからＢＬに出会って、ＢＬを描くようになったんですね。ついにそういう出自の人たちが来た、とそのときは思ったのですが、ＢＬ誌が創刊されはじめてから五、六年経たずに、そういう状況にさーっと変わっていった印象です。ジャンルが継承されていくタームに入ったと思いました。この先もＢＬ的なものに惹かれる人たちがいなくなるとは思えなかったから、ジャンルが衰退して消えるとか、そんなことは少しも考えませんでしたね。それに、私の読者さんは年齢層が高めで、年配の方からもお手紙をずいぶんといただいたのですが、みなさん私の作品以外にもたくさんＢＬコミックスやＢＬ誌を買っていて、お金に余裕がある大人たちが支えているんだから大丈夫だろうと思っていました(笑)。個人的には、私が大の少女漫画好きということもあって、少女漫画の行く末のほうが心配なくらいでした。今もそういうところがありますが、当時も女の子たちは少年漫画に夢中で、〝少女〟は少女漫画を読んでいないんじゃないかと思っていたので。少女漫画はこの先どうなってしまうんだろうという思いのほうが昔も今も強いんです。それに比べれば、ＢＬを好きな人はどの時代にも絶対に一定数いると思えるので、この先もＢＬジャンルはずっと存在しているだろうという安心感がありました。

――ご自身はけっしてＢＬのいい読者ではなかったと仰っていましたね。

よしなが　そもそも献本いただいたものしか読んでいなかったのですが、ピンポイントな萌えということもあって、自分の好みズバリという作家さんというのはそんなに多くないものの、内田かおる先生や梶本潤先生、西田東先生など心が沸き立つ作家さんはいらっしゃいました(笑)。それに、漫画として面白い、巧いと唸るような作家さんもたくさんいらしたんです。こだか和麻先生や雁須磨子先生、山田ユギ先生、新田祐克先生などの作品は、感覚的にはBLとして読むというより〝漫画〟として楽しんでいた気がします。少女漫画や少年漫画、青年漫画とかと同じ立ち位置で、楽しませてもらっていました。たとえば、新田先生の『春を抱いていた』や、小説だと松岡なつき先生の『FLESH & BLOOD』など、BLじゃなければもっと多くの人に読まれる可能性のある傑作がたくさんあるわけです。でも、わかっています。BLだからいいんですよね。そうじゃなきゃ描きたくないんだよねって、描き手として思いますから。そう思う人が描ける場があるBLっていいジャンルだなと思っていました。

『西洋骨董洋菓子店』はBL誌では描けなかった

――よしながさんの一般誌でのご活躍を皮切りに、BL誌以外の雑誌からBL作家の才能が注目を浴びるようになり、活躍の場を広げる作家が増えていった印象があります。

よしなが　自分のことはともかく、BL作家さんがほかのジャンルの編集者さんから注目を集めるのは当然のことだと思っていました。だって、BL誌以外の編集者さんたちにとっては、見たこともない才能ばかりだったはずですから。BLを描きたい人の多くは、一般誌に投稿したり持ち込みをしたりしないので、未知の作家さんばかりだったでしょうし。BLのある種の自由さのようなものも魅力的だったんじゃないでしょうか。ただ、BLジャンルが固まってきて、ハッピーエンドでなくては、とか、エロがなければ、といったお約束ができてくると、その自由さも少し失われていった気がします。恋愛がメインでなきゃダメ、というプレッシャーがかかる、ボーイミーツガールというお約束ができた少女漫画と同じですよね。もちろん、雑誌によりけりだとは思うのですが。

そういう意味では、私は『ウィングス』で描かせてもらってありがたかったです。いい具合に自由だったというか（笑）。もし『西洋骨董洋菓子店』をBL誌でやろうと思ったら、誰と誰がくっつくのかを描かなくちゃいけなくなっていたと思います。ゲイキャラは出ていますが、別にあの話は誰と誰がくっつくという話ではないので、それはできなかったんです。私、話を考えつくと、一応雑誌を問わず自分の担当さん全員に「こういう話を描きたいと思っています」とプレゼンをするんですが、黎明期の頃のＢＬ誌だったら、もしかしたら『西洋骨董洋菓子店』のまま描けたかもしれないけれど、九九年に連載を開始した当時ではダメでしたね。『ウィングス』で描かせてもらえることになったときに、担当さんに、いっそのことＢＬ誌では描けないようなゲイキャラにしてくださいと言われまして、それもあって[16]小野はビッチです(笑)。現在はちょっと増えてきましたが、当時はＢＬでメインキャラがビッチなのは受け入れられなかったんですよ。それだけではなく、『西洋骨董洋菓子店』は、誘拐された少年が自分の欠けたピースを埋められるのか、埋められないとして彼は幸せになれるのか、なれないのか、という話だというのは最初からもう決まっていたので、まあＢＬじゃダメですよね。テーマがＬＯＶＥじゃないんですから。

本当は、職人として熟すのは四十歳からだろうと思っていたので、メインキャラは全員四十代で考えていたんですけど、そもそもメインキャラ全員が若くないというのは、どこの雑誌でもいい顔されませんでした。もとを正せば、『王様のレストラン』というテレビドラマがとても面白くて大好きで、あんなふうに実際に作っているのはかわいい女性でもよかったくらいなんですが、接客はおじさんで作っている人がかわいいというのがいいなあ、と思っていて。結局『ウィングス』の担当さんがとても理路整然と、ケーキ屋は意外と店舗面積が狭くてもいいらしいことだとか、それに伴ってレストランに比べて資金がかからないことから独立するのは三十代が多いことなどを説明してくださったので、メインキャラは全員男性で三十オーバーということで落ち着きまして、[17]エイジが二十代前半なのは、若い子をひとり入れてください、という新書館からの熱い要望があり、妥協した結果です(笑)。

――『西洋骨董洋菓子店』が人気を博したこともあって、その後、執筆の軸足がＢＬ以外に移っていきましたね。

よしなが　転機は『西洋骨董洋菓子店』のドラマ化でした。それまでＢＬ誌と『ウィングス』で両立して描かせていただいていて、『西洋骨董洋菓子店』は隔月連載だったのですが、テレビドラマ化が決まったときに、ドラマが放送されている間だけ毎月載せられないかと言われたんです。それはごもっともだと思いましたので、ＢＬ誌の担当さんに相談してみたら快く了承していただけて、ＢＬのお仕事をしばしお休みさせていただくことになりまして。その後、ＢＬ誌からは読切を一、二本描くくらいしかお声がかからなくて、それきりになっちゃったんです。正直、寂しかったですけど仕方ないなあ、と。私の気持ちどうこうではなくて、仕事の機会がなくなったということですね。

――描く場所とタイミングさえ合えば、ＢＬ誌でもっと描きたかった？

よしなが　『きのう何食べた？』を描かせてもらえる場所があるといいな、とは思っていました。あの話は、結構前からずっとあたためていた話なんです。描きたくて描きたくて、その熱意をいろいろなところに全力で投げていたのですが、四十代ゲイ夫婦の話はシャットアウトされまくって、しばらく経ってから『モーニング』が拾ってくれました（笑）。

――ご自身がＢＬ誌から離れるのと前後して、ＢＬ誌の創刊ラッシュもずいぶんと落ち着きを見せ、各誌の色が現れるようになっていたと思います。そのあたりはどのようにご覧になっていましたか？

よしなが　創刊からある程度時間が経って、その雑誌にどんな作品が載っているか、その雑誌がどんな雰囲気なのか、それを知ったうえでお仕事されている作家さんが増えているということなんだろうな、と思いました。既存の雑誌で新しくお仕事をするときに、描き手ってやっぱり多少なりとも萎縮する気持ちがあると思うんです。その雑誌で浮きたくないんですよ。実際は、編集さんはいろいろなタイプの作家さんがほしくて、新風を吹き込んでくれてもいいと思っていたりするし、好きに描いていいんですよと仰ってくださって、それは本当にそう思っていらっしゃると思うんですが、やっぱり描き手としては、この雑誌にはこういう雰囲気のものが多いから、そうじゃないものは合わないんだろうな、とかぼんやりと感じているわけです。敢えて浮こうとも思わないわけで。ＢＬに限らず、漫画家って編集さんが思っているよりもずっとずっと普通の人なんですよ（笑）。好きに描いていいですよ、と言われて、じゃあって好き勝手描ける作家なんてそういないんです。

昔と違って、たとえば、親の大反対を押し切って地方から上京して漫画家を目指すとか、ライバルを軒並み蹴散らして描く機会を得るとか、そんなものすごいバイタリティと個性を持った人だけが漫画を描く時代は終わっていたんだと思います。ＢＬというジャンルができて認知されるようになった頃には、漫画家というのは確かにちょっと専門的な仕事ではあるけれど、普通の人が就ける職業になっていたんですよ。特にＢＬは、同人誌活動からスカウトされる形で、はっきりと漫画家を目指すことなく漫画の仕事をはじめたという人のほうが多い世界ですから、そういう一般人的な感覚であればあるほど、その雑誌で浮きたくないとか、必要以上に目立ちたくないと思う描き手のほうが多かったんじゃないでしょうか。それと、ＢＬの流れって、インターネットの発達とすごく重なるところがあると思っているのですが、やっぱりみんなネットであれこれ言われたくないわけです。何をどれだけ叩かれてもいいから百万部を目指そうとするようなハングリーな人は、ジャンル的には稀有な存在だったと思います。そこそこ描けてそこそこ生きていけたらいいな、と思っている人がわりとたくさんいるという事実に編集さんがあまり気づいていなくて、自由に好きなようにやってもらうつもりが結果的にみんな気を遣いあって、ある意味おとなしくなっていったところはあると思います。最近はまた違うかもしれないですけど。

――ＢＬを取り巻く状況の変化についてはいかがでしょうか。

よしなが　余所からＢＬが影響を受けるように、ＢＬも余所に影響を与えていたと思います。たとえば、少女漫画の『ツーリング・エクスプレス』は、今でも続いている作品ですが、ここまで続いていることの一因としてＢＬの影響はあるんじゃないかと思うんです。

あの作品では、殺し屋とＩＣＰＯの刑事の恋が描かれていますが、シリーズ連載がはじまった当初の社会状況のままだったとしたら、どう考えてもふたりの恋が上手くいくはずはなくて、殺し屋は最後には死んでしまうんだろうと思っていました。まさか刑事が仕事を辞めて、殺し屋と一緒に生きていくことになるとは思っていなかったです。ＢＬがジャンルとして市民権を得たことで、そういう展開が許されるようになったんじゃないかと、個人的には考えております。

ＢＬ誌がたくさん誕生したり休刊したりしていた頃から、今ほどではないですが多少ＢＬが注目を集めるようになってきて、テレビや雑誌などで面白おかしく取り上げられたりしていたとき、周囲の人たちとよく「十年耐えよう」と言っていたんです。十年過ぎるとだいたい評価が適正なものになっていくんですね。だから、たとえ今キモいだのなんだのと言われても、とにかく耐えようって。ＢＬを楽しんでいる〝中の人〟たちというのは、どちらかといえば自分たちのことを放っておいてほしい人が多いこともあって、いつでもＢＬというのは周りのほうが騒がしい気もしますね(笑)。

振り返ってみると、私が描かせてもらっていた頃のＢＬ界というのは、すごく狭かったように思います。作家さんの大半は同人誌をやっていたこともあって、同人誌活動での繋がりがそのまま商業誌の世界にも持ち込まれているようなところがありました。要は、見回せばみんな知り合い、という状況だったんです。親交はなくても、その人が同人誌ではなんのジャンルで活動をしているかくらいは知っている、みたいな。ところが、雑誌も増え、そこで仕事をする作家さんも増えていくうちに、その人が何をやっている人なのか、どんどんわからなくなっていって。繋がりが薄くなって、世界が広がって、ＢＬ界も普通の漫画界に近くなっていったんじゃないかなと思います。

ＢＬは、まだ成長しきったジャンルじゃないと思っている

——最近のＢＬに関して、何か変化を感じていることはありますか？

よしなが　今になって、またＪＵＮＥ的な物語への回帰を感じます。個人的には、中村明日美子先生のご活躍が印象的です。二〇〇三年に中村先生が『マンガ・エロティクス・エフ』で『Ｊの総て』の連載を開始されたときに、これは今のＢＬ誌には載らないものだと思って、それがすごく残念だったんです。こういう作品をＢＬ誌が受け入れて、ＢＬでヒットしたら何かが変わるんじゃないかと思っていました。『ＪＵＮＥ』が休刊した

当時、ＢＬでは痛みを伴う恋愛というのが描けない状況に陥ってしまったなと思っていたんですよね。もともとＢＬは『ＪＵＮＥ』のカウンター的な存在でもありましたが、ＪＵＮＥ的なものが好きな人ももちろん存在しているわけで、それは現在も変わっていないと思います。だからこそ、その後、中村先生が『薫りの継承』のようなＪＵＮＥ的、退廃的な雰囲気と美しさを持った作品を[18]『ＢＥ・ＢＯＹ　ＧＯＬＤ』でお描きになったというのは、個人的にすごく感慨深いものがありました。ファッションのブームが繰り返すみたいに、ＢＬでも時代がぐるっとひとめぐりしたのかなって。循環している感じがして、とてもいいと思ったんです。ＢＬの黎明期みたいに、なんでもありな空気になっていったら、うれしいですね。昔の『ＪＵＮＥ』作品を読むのもいいけれど、やっぱりそのときの作家さんたちが今の絵と空気でＪＵＮＥ的なものを描くことに意味があると思うんですよ。

――それには、編集者の存在がポイントになってくるように思います。

よしなが　それはもちろん。アマチュアと商業漫画家の何が違うって、編集さんの存在なんですよ。編集さんの仕事がどういうものなのか、漫画になったり、書籍で取り上げられていたり、以前からいろいろ注目されてはいますが、その仕事の本当のところは全然一般の人に届いていないと思います。それこそ、作家さんのところに原稿を取りにいくだけだと思っている人がいかねない。打ち合わせの仕方も千差万別で、仕事のやり方も人それぞれなのですが、編集さんの存在って本当に重要で、漫画家にとっては神様みたいなものです。だっていちばん最初の読者さんですから。でも、今の編集さんたちがどれだけ優秀でも、ＢＬの出版社の編集さんは現実的に数が足りないと思うんです。傍から見ていて、忙しすぎます。編集さんの絶対数がもっと増えると、ＢＬはさらに可能性が広がると思います。その作家さんが持っているものを伸ばしてくれる優れた編集さんに導かれて、作家さんの才能が花開いていったら、ＢＬの未来は今よりもっと明るいんじゃないかと思うんです。それこそ、ＢＬ好きな読者さんのなかからどんどん編集者になる人が現れて、ジャンルを支えてくれたらいいですよね。編集さんの数が増えたら、自分の萌えだけで作家さんを連れてくるのもありだと思うんですよ。自分の好みに合う作家さんをすくいあげて、二人三脚でやっていけばいいんですから。編集者の数が多ければ、それは可能だと思います。

——では、ＢＬ好きな読者に望むものは何かありますか？

よしなが　読者さんに関してはないです。もう本当に、読んでいただけるだけでありがたいです。ただ、やっぱりそこで大事なのは、編集さんの存在だと思います。今は漫画家さんが自分の作品について何が言われているのか、どんな感想があるのかを知ることが以前よりもずいぶん容易《たやす》いですよね。でも、漫画家がまず耳を傾けるのは編集さんの言葉であったほうがいいと思うんです。編集さんは仕事として作家に関わっているわけで、その仕事は自分の評価にも繋がっているわけです。無責任な言葉はないはずなんですよ。編集さんの「面白い」は、読者さんの「面白い」とは少し意味合いが違って、これは仕事になるという意味。商売になるってことです。自分の作品を面白いと言ってくれる編集さんと信頼関係が築ければ、自分が漫画を描くうえで大切なものが揺らがずに済むと思います。そうして初めて、読者さんは言いたいことがなんでも言えて、作家さんは描きたいものがなんでも描けて、読者さんと作家さんとの距離も自然なものになると思います。

――ＢＬというジャンルの行く末について、心配に思う点は？

よしなが　私はジャンルを問わず漫画というものがすごく好きなので、楽観的なのかもしれませんが、ＢＬも含めて漫画の未来が暗澹《あんたん》としていると思ったことはないんです。だって、次々と面白い漫画が出てくるから。正直なところを言ってしまえば、面白ければジャンルはなんだっていいんです。自分がＢＬに本来求めるような面白さを感じる漫画が読めるんだったら、それはＢＬという冠がなくてもいい。ＢＬ誌に載っていなくてもいいです。私は漫画家なので、どうしても漫画家寄りの物言いになってしまうのですが、才能のある作家さんがジャンルだとか何かしらの制約だとかに可能性を縮められることなく、できる限り好きに描いたその作品が読者さんに届くことが素晴らしいと思っています。とは言いつつ、ＢＬというジャンルがなくなってしまうのは……なくならないと思いますけど、嫌ですよ。

――昔のほうが……と懐古的に思うところはありますか？

よしなが　特には……。ジャンルも変化するものですから。昔のほうが自由そうに思えるのは、ＢＬジャンルがまだ育っていなくて、読者のニーズが見えなかったからだと思います。編集さんにも描き手にも、読者さんですら自分たちが読みたいものはどんなものなのか、よくわかっていなかった気がします。とにかくＢＬが描きたいし、読みたい。そんな勢いだけがありました(笑)。わからないから、描き手は自分の描きたいものを描くしかなかったんだと思います。作り手もわからないからそれを許容していた。でも、だんだんとそれがある程度見えてくるようになって、今度はより読者さんに楽しんでもらうためにそこに添うようになっていった。それは、ジャンルとして成熟していったということでもあると思います。ただ、その過程でこぼれていった人たちが必ずいるんですよね。大きな流れのなかで、自分が描きたいもの、読みたいものとはちょっと違うな、と感じていた人たちが少なからずいて、そうすると今度はその人たちを受け皿とする新しい流れが生まれるものだと思います。そうやって、人気の傾向なんかも変化してきているんじゃないでしょうか。

――変化の先にあるものが気になります。

よしなが　暗いものではないと思いますよ。だってＢＬって、まだ成長しきったジャンルじゃないですよね。もうひと展開くらいは、余裕であるんじゃないでしょうか。アニメ化や映画化もされましたが、まだ連ドラ化はされていないですし(笑)。『スーパー歌舞伎ワンピース』があるなら、ＢＬ作品の傑作だっていつか歌舞伎になることが……って、そもそも歌舞伎にはＢＬのような演目がありましたね。何かしらのメディア化されることだけが展開ではありませんが、ＢＬについての評論のほうも、これからもっと成熟していくんじゃないでしょうか。

さらに多くの人にＢＬが認識されていくことによって、ＢＬに関わる人のなかにも当然変化が起きると思います。それこそ昔は、ＢＬを描いている人や関わる人にも、同性愛に対してフォビアがいたんですよ。でもそれは、ＢＬの成長とともに減ってきた気がします。そういうこともあって、ＢＬのこの先が暗いと思っていないというのはあります。ＬＧＢＴという言葉ができて、徐々に認知されつつあるというのと、世の中にＢＬのようなものがエンターテインメントとして現れ、認知されていったことは、けっして無関係ではないと思います。もちろん、ＢＬが好きになれないという人はいるだろうけれど、そんなの男女の恋愛ものだって同じですしね。歴史ものだって刑事ものだって、好きな人もいれば苦手だという人もいる。それはＢＬに限ったことではないと思います。ＢＬが好きだということに、どこか気恥ずかしさを感じている人もいると思うのですが、それはやっぱりＢＬが性と愛のジャンルだから当然のことなんですよ。同性同士の恋愛を描いているから恥ずかしいんじゃないんです。男女のラブシーンだって、自分が読んでいるところを後ろから覗き見られたら恥ずかしいでしょう。そういう意味での「恥ずかしい」なんだと思います。ＢＬだから、ではないんです。どうしてもその恥ずかしさを拭えない人に、そこを混同しないでほしいなと思います。

――ジャンルの黎明期から現在まで、目の当たりにしている人たちが今なお現役の描き手や読み手であるジャンルというのもめずらしいかもしれませんね。

よしなが　ＢＬがなかった頃は『車輪の下』などを楽しく読んでいたという先輩の方たちもいますし、ジャンルの誕生以前からこういったものが好きな人はいて、もちろんこれからも好きな人はいつづける。それは間違いないと思いますね。

——それを〝業〟などとよく言いますが（笑）。

よしなが　業ですね（笑）。ただ、結局、男女を問わず人って物語を作らずにいられないんだと思うんです。本当は無意味な事象かもしれないことに、物語を作ってオチをつけないと、人の心って安定しにくいんだと思います。そういうときの物語の解釈のひとつとして、ＢＬもあるのではないかと思います。

血縁や生殖によらない人間同士の関わりが好き

——その解釈のひとつであるＢＬが、なぜここまで支持を得たと思いますか？　ご自身はどんなところに惹かれたのでしょうか。

よしなが　私で言うと、最初から男女のラブにきゅんとくるものがなかったんです。それはなぜかと言われてもわからないんですが。何もＢＬ的な前知識がないまま、テレビドラマで、旦那さんが浮気した奥さんの愛人のところに乗り込んでいったら、奥さんはもうそこから逃げたあとで、愛人の男と旦那さんがふたりで奥さんを探しながら友情を育む、みたいな話に大萌えしたことがありまして。もう理屈じゃないんですよね(笑)。

人間には利己的遺伝子があるとされていて、生殖という観点から見て男女が惹かれあうのは自然といえば自然なことなのですが、その自然なことがうまくいかなかったとき、何かしらの理由で遺伝子を残すという方向に至らなかったという事象にも、人は物語を求めるんだと思います。だから多くの人が、血縁によらない繋がりというものに価値を見出したり、魅力を感じるんじゃないでしょうか。たとえば、サスペンスドラマに登場する刑事と奥さんの子どもって大概亡くなっていたり、あるいは奥さんが亡くなっていたりするんです。離婚している場合もありますが、とにかくそこに欠損があるわけです。サスペンスに限らず、ドラマや映画などの物語では、夫がいて妻がいて子どもがいて、という円満な家庭って案外少ないんですよね。血縁によらない絆が描かれることも多くて、人気を博していたりします。刑事ドラマの『相棒』なんて、まさに〝相棒〟という絆の物語ですよね。そういう血縁や生殖によらない繋がりというのが、男女に限らずわりとみんな好きだと思うんです。それは、全部を集めるとある種の巨大派閥だと思います(笑)。生殖に関わらないご縁なんだけど、しかしそこに絆があるという、私は男女以外のそういう人間同士の関わり方がとても好きで、そのひとつとしてＢＬが好きなんです。だからＢＬだけが好きなわけじゃなくて、女と女でも好きです。『ガラスの仮面』の亜弓さんとマヤとか。

――好きなものを描く表現形態としてＢＬが適しているところがある？

よしなが　そうですね。あとＢＬが支持を得た背景として、日本の場合、宗教的なタブーがないということは大きいのではないかと思います。そういうお国柄があるんですよね。日本には衆道という文化がもともとありますが、衆道って明治でめちゃめちゃ花開いたらしいんですよ。

――衆道というとなんとなく江戸時代のイメージがありました。

よしなが　江戸時代の後期より明治時代のほうがすごかったみたいです。というのも、もともと薩摩藩には、青少年を二才と稚児に分けて、兄的立場の人が弟分の少年に教える郷中制度というものがありまして、それと薩摩では女性の立場がとても弱かったという社会的状況があわさって、真の魂の結びつきは男と男の間にあるものであるという考え方に基づいて、ものすごい美少年趣味が広まっていたそうなんです。その薩摩の人たちが明治になって東京になだれ込んできた、と。明治時代には、乳母がいるようないいところのお坊っちゃんが学生服を着た学生に攫われたという事件が結構起こっているんです。あまりに風紀が乱れたため政府が禁止したことで衆道も消えていくんですけど。それでも同性愛がある程度許容されていたのは、そこに神がいけないことだと言っているという宗教的なタブーがなかったことが大きいと思います。キリスト教も儒教も日本に入ってきてはいましたが、厳格な宗教社会ではなかったですから。それと、歌舞伎だとか、女性がそうすることを禁じられているなかで、男同士が演じるのを女の人がきゃーきゃー言いながら見ていたという(笑)、日本の風土も影響しているように思います。

——同性愛に対して宗教的タブーが薄いという意味では、女性同性愛もそうだと思うのですが、百合作品を描いている男性作家がＢＬを描いている女性作家ほど多くないのはなぜだと思いますか？

よしなが　一般的な男女の関係に居心地の悪さを感じているのは、男性よりも女性に多いからだと思います。あと、男性は関係性に萌える人が少ないのかもしれませんね。私の父親はドラマなどで登場人物の関係性にとても萌えていたのですが(笑)、フェミニンな人でした。関係性の裏に見える物語がとても好きだったようなのですが、そういうふうに楽しむのは、男の人では少数派な印象があります。関係性に物語を持たせることに快感をあまり見いだせないないから、率先してやらないということなんじゃないかな、と思います。たとえば、腐女子を説明するのによく椅子と机にも萌える、などと言われますが、椅子単体だったら萌えないわけですよ。椅子と机という組み合わせで萌える。そこに関係性と物語を見いだすのが女子は得意なんだと思います（笑）。でも、当たり前ですが、そういうふうに関係性を透かして見ることになんの興味もない女性もいるとは思いますが。

――ＢＬは二次創作や少女漫画から生まれた面が強いですが、すでに前提に物語があるわけですものね。

よしなが　ＢＬが好きな人の大半は、漫画や小説も好きで、つまり物語が好きな人なんだと思います。それと同人というか、二次創作気質が強いんじゃないでしょうか。原作で描かれている点と点を繋いで星座にするのが得意だという（笑）。行間を読むのが好きで、長けているところはあると思います。これはＢＬがうんぬんというより、物語好きとしての業の話になるかもしれませんが。

――関係性に物語を発見するところにも魅力を感じているように思います。

よしなが　物語脳というか、物語というものに敏感にアンテナを張っているところがあるのかもしれません。私は、落語家の桂歌丸さんと六代目三遊亭圓楽さんのエピソードが好きなのですが、番組でいがみ合ってみせているおふたりは、本当は仲がいいんだそうです。六代目圓楽さんが楽太郎と名乗られていた頃、『笑点』のレギュラーが決まったときに楽太郎さんはキャラづくりにすごく悩んでいたそうで、そのときに歌丸さんに「あんたは腹黒でいきなよ」とアドバイスされて、現在に続くああいうキャラになったそうなのです。先代の圓楽さんが落語協会の分裂騒動で自分の師匠に付いて協会から離れたため、一門の方たちが主だった寄席に出られなくなっていまして、楽太郎さんが六代目圓楽を襲名後、もうそろそろいいんじゃないかと、もうひとつの団体である落語芸術協会のお偉方になっていた歌丸さんが一門の活動に関して助力したそうです。でも、そういった繋がりを垣間見せずに番組では罵り合っていて。そういうエピソードが私としてはとてもいいな、と思うわけです。素敵な物語があるな、と滾《たぎ》るものを感じるのですが、この話をある男性にしてみたところ「ただのいい話じゃないですか」とさくっと切られまして(笑)。ここでぬぉーっと滾るものを感じるか感じないかで、物語脳なのかどうかがわかるかもしれませんね。

――確かに、BL的な萌えというのは、行間読みできるか、物語脳かというところが大きく影響してくる気がします。

よしなが　私の場合、この歌丸さんと六代目圓楽さんがおばさん同士でもいいんです。本来仲良くなる必要のない者同士が仲良くするというところに非常に意味があるわけで、それは私が漫画を描くうえで感じる面白さとも変わらないんですよね。でもまあ、結局のところは、どこにどんな魅力を感じるかは「みんなちがって、みんないい」のですが。

――突然の金子みすゞですか（笑）。

よしなが　至言です（笑）。ＢＬ好きな人というのは、面白い漫画や小説が読みたい、自分が面白いと思う物語を目にしたいという欲求を突き詰めていったら、それがＢＬだった、ということなんだと思います。

――個人的には、ＢＬの歴史もこれだけ長くなったので、ＢＬの新しい読者さんが過去作品に触れる機会がもっとあるといいな、と思います。

よしなが　どんどん電子化されるといいのかもしれません。曽根富美子先生の『親なるもの　断崖』のように、ＢＬでも以前に刊行された作品が電子書籍化されることであらためて評価されることもあるでしょうし、純粋に出会う機会が増えるのはいいことだと思います。作家やライターさん、編集さんに限らず読者さんでも、誰かがツイッターであのＢＬ

作品が好きだった、面白かった、とつぶやくだけでも、私もそうだったという声が集まるかもしれません。その声をきっかけに読んでみようと思う人が現れたりして、そうやって古い作品にも新しい作品にも出会うきっかけがあるのはいいと思います。

新刊、既刊を問わず、支えてくださるのはやっぱり読者さんなんですよ。BLがこれからもいろいろなものを内包しつつ描かれていくためにも、作家を支えてくれるのは読者さんの声ですから。シンプルな言葉でもいいんです。私は、『ベルばら』の同人誌をやっていたときに、私の同人誌を読んでくださった漫画家の岩崎翼（つばさ）先生に「プロになればいいのに」と言ってもらったことをずーっと覚えていて、それをずーっと励みにしていました。なんてことのない言葉であっても、言われた描き手にとってはとても大きなものになるし、出版社のほうにもその言葉を届けていただけるとなおいいですね(笑)。

BLに限った話ではないのですが、創作の世界というのは、才能とやる気が必ずしも比例しないものですから、どんなに才能があって面白い作品を作り出す人でも、気持ちが萎えて辞めてしまう人は辞めてしまうわけです。そんなときに小さな声でも充分に気持ちを引き留める可能性があるんです。それに、作品を作り出すことをやめてしまっても、場所さえあればまたやってみようと思えたりするし、やる気はあるけれど描く機会に恵まれない人にとっても、同人誌でもPｉｘｉｖでもそれ以外でも作品を発表できる場所があるのが重要だと思います。生み出されつづけることが大切だと思うんですよね。

——最後に、今後のＢＬに関して何か個人的な希望がありましたら教えてください。

よしなが　エッチがあってもなくてもいいから、歌丸さんと六代目圓楽さんの関係性のような話が読みたいです。そういうものが普通に載っているＢＬ界であってほしいです（笑）。

よしながふみとBL

女性向け二次創作同人誌が活況の最中にあった九〇年代前半、同人誌界で人気ジャンルだった『SLAM DUNK』で頭角を現したよしながふみ。九四年のBL誌デビュー以降は知る人ぞ知る作家として支持を集め、BLブームのなかでもメインストリームとは違う場所で輝きを放っていた。九七年からは『ウィングス』（新書館）での活動も開始。BLで活動を開始した作家が非BL誌でも執筆するという前例を作った先駆者でもある。

註

1 昨今、同人誌を印刷所で印刷する場合、印刷所に出向くことなく自宅からデータ入稿するのが主流だが、当時は原稿を印刷所に持参、または郵送し、入稿していた。

2 九〇年から『週刊少年ジャンプ』（集英社）で連載が開始された井上雄彦のスポーツ漫画。九三年のアニメ化を機に女性向け二次創作同人誌で人気ジャンルに。原作の絵が上手すぎるため、同人作家たちの画力も必然的に上がったと実しやかに囁かれていた。

3 高橋陽一が八一年から『週刊少年ジャンプ』（集英社）で連載を開始し、サッカーブームを巻き起こしたスポーツ漫画。八〇年代半ばから同作を原作とした二次創作同人誌が過熱的に人気を得て、女性向け二次創作同人誌ブームの火付け役となる。

4 『キャプテン翼』やアニメ作品など、二次創作ジャンルでの同人誌活動と並行して商業誌デビュー。尾崎・よしなが両氏は同人誌活動をきっかけに知り合った。

5 高河ゆん、CLAMPとともに、商業誌デビュー前から同人誌界で高い人気を誇っていた。八〇年代後半に商業誌デビュー。その後、CLAMPは同人誌活動を休止したが、高河ゆんは現在も続けている。『アーシアン』は高河ゆん作、『聖伝―RG VEDA―』はCLAMP作で、どちらも新書館の少女漫画誌『ウィングス』に連載され、商業誌編集者の目が同人作家に向けられる契機になったと思われる。

6 同人誌は、原作が存在する二次創作ジャンルと、存在しない創作ジャンルに大きく分けられる。二次創作の原作（元ネタ）となるのは、小説や漫画、アニメ、映画、テレビドラマなどのほか、アイドルや俳優、アスリート、歴史上の人物など多岐にわたる。

7 七八年にサン出版から創刊された、男性同性愛をテーマに、漫画や小説、映画、音楽などを扱った専門誌（その後、発行元はマガジン・マガジンに）。インターネットがなかった時代に男性同性愛を題材にした作品などの情報を個人で集めるのは容易ではなく、そういった情報を求める愛好者にはよく知られた一誌であった。

8 伯爵、エーベルバッハ少佐ともに、七六年から連載が開始された青池保子の大人気少女漫画『エロイカより愛をこめて』に登場。男色家で少佐に惹かれる伯爵と、つれない硬派な少佐の関係性が一部読者を夢中にさせた。

9 『銀河英雄伝説』に登場する、銀河帝国の提督で親友同士でもある、ウォルフガング・ミッターマイヤーとオスカー・フォン・ロイエンタールの通称。

10 漫画家・坂田靖子が主宰の漫画研究会ラヴリの会員だった磨留美樹子が、会誌『ラヴリ』に男性同士の恋愛を描いた作品『夜追い』を発表。タイトルにかけて冗談で、「山なし、落ちなし、意味なし」と作者が自評したことをきっかけに、会員ではないがラヴリを手伝っていた波津彬子が発行人の同人誌『らっぽり　やおい特集号』が七九年に刊行され、同誌内で「山も落ちも意味もないけれども、独特の色気があって、かつ男同士の恋愛でなければならない」と〈やおい〉という言葉の定義付けがされる（日本漫画学会『マンガ研究』ｖｏｌ．１９）。そこから、男性同性愛を描いた作品や、性描写シーンそのものが〈やおい〉と呼ばれるようになり、二次創作の作品にも適用された。

11 同性（特に男性）同士の恋愛関係において、精神的または肉体的に受容的な立場のこと。対の立場を〈攻め〉と呼ぶ。

12 八八年に創業。女性向け二次創作同人誌の作品を収録したパロディアンソロジーを刊行し、人気を博したことから社名が浸透。ＢＬ読者には、ＢＬ関連書籍の出版社というイメージが強いが、男性向け成人漫画誌やアダルトゲーム誌なども刊行していた。九七年にビブロスに改称。ＢＬ関連部門は株式会社リブレの母体。

13 青年漫画誌『週刊漫画ＴＩＭＥＳ』や、四コマ漫画専門誌『まんがタイム』などを刊行していた芳文社が九四年に創刊。現在も刊行が続く、老舗ＢＬ誌のひとつである。

14 同人誌界でカリスマ的人気を誇った尾崎南が八九年から『マーガレット』（集英社）で連載を開始した少女漫画。男性同士の壮絶な恋愛関係をえがき、読者に衝撃を与えた。

15 九〇年から集英社コバルト文庫にて刊行が開始された、桑原水菜の少女小説。愛憎入り混じった感情を抱きあう主人公たち男性ふたりの関係性が多くの読者の心を捉えた。

16『西洋骨董洋菓子店』に登場する、凄腕のパティシエで魔性のゲイ。

17 網膜剥離によりボクサーの夢が断たれ、見習いパティシエになった青年。

18 九三年に青磁ビブロスが創刊した『ＭＡＧＡＺＩＮＥ　ＢＥ×ＢＯＹ』につづき、九五年に創刊された。作品の登場人物の年齢層が上がるなど、〝大人向け〟の雰囲気があり、そこで『ＭＡＧＡＺＩＮＥ　ＢＥ×ＢＯＹ』との差を打ち出した印象。

漫画家

こだか和《かず》麻《ま》

Profile

兵庫県出身。八九年、専門学校在学中に投稿作「せっさ拓磨」が第三十三回週刊少年チャンピオン新人まんが賞佳作を受賞。「せっさ拓磨！」として、秋田書店『週刊少年チャンピオン』九〇年二十三号に掲載され、十代で漫画家デビュー。九二年に、青磁ビブロスが創刊したコミックスレーベル・BE×BOY COMICSの第一弾として、同人誌で発表していた『KIZUNA ―絆―』がコミックス化され、BL作家としてのキャリアをスタートさせる。同作、ならびに九三年に創刊された漫画誌『MAGAZINE BE×BOY』（青磁ビブロス）で連載開始した『腐った教師の方程式』（青磁ビブロス／BE×BOY COMICS）が多大な人気を集め、九三年以降急激に成長するジャンルを支える代表的作家となる。初期の頃の硬質かつ骨太な描線は、少女漫画的な絵柄が多いBLのなかで異彩を放ち、しっかりとした構成力に裏打ちされたストーリーとあわせ、多くの読者を魅了。ハードボイルドな設定やアクションを活かした作品も描ける作家として独自のポジションを築く。自身にとっての二大代表作である『KIZUNA ―絆―』『腐った教師の方程式』は、人気の高さを裏付けるようにドラマCD化、OVA化が先駆けて行われた作

自分はブームの渦中にいたんだな、と思うようになったのは、ブームが落ち着いてからでした

品であり、どちらもコミックス十巻に至る大長編となった。読切や読切シリーズが描かれることの多いＢＬ漫画では、コミックスの巻数表示が二桁になること自体がめずらしく、それを複数抱えている数少ない作家のひとりでもある。〇五年には、ニューヨークでサイン会が行われ、この年には、現在も年に一回アメリカで開催されている、男性同士の恋愛を題材とした作品に特化したコンベンション、ＹａｏｉＣｏｎのゲストに招かれるなど、海外でもＢＬのパイオニア作家のひとりとして名を知られている。一六年現在、商業誌での執筆のほか、二次創作系の同人誌でも精力的に活動中。

一週間ごとにコミックス増刷の連絡が来ていた

――商業誌でBLを描きはじめたきっかけは、青磁ビブロスの編集者から新雑誌の創刊にあたって声をかけられたことだとか。

こだか　はい。その頃はまだ〈ボーイズラブ〉〈BL〉なんて言葉はなくて、詳しい話を聞きにいった場では、編集者さんから「男の子同士の『少女漫画』を作りたい」と説明されました。でも、はじめはどういうことなのか、よくわからなかったんですよ。『JUNE』のような雑誌ということですか、とお伺いしたら、『JUNE』とは違うものを考えています、と言われて、なかなかピンと来ませんでした。ずっと頭のなかで？マークが飛んでいるような状態で。耽美色が強くて小説が主体の『JUNE』は別格の存在なので、それとは違う、少女漫画の世界から派生したような、男の子同士の恋愛を描いた漫画だけの雑誌を作りたいのだと聞いて、ようやくなるほど、と思いました。当時、定期刊行されているその手の雑誌はほとんどありませんでしたし、それは面白そうだな、とお話を聞いて興味を持ったので、お仕事させていただくことになりました。

――ご自身は『JUNE』読者だったのですか？

こだか　存在は知っていましたが、熱心な読者だったというわけではなくて、たいして作品も知りませんでした。学生時代に部活の先輩が『ＪＵＮＥ』を持っていて、それは何かと尋ねたら「知らなくていい」と言われた思い出ならあります（笑）。もともとアニメ寄りのオタクだったもので、漫画も小説も知識が乏しいところがあって、『風と木の詩』や『トーマの心臓』なんかもずいぶんあとになってから読みました。男性同士の恋愛関係を題材にした作品というと、『ＪＵＮＥ』に載っているような小説か、二次創作系の同人誌漫画のイメージしかなくて。なので、二次創作ジャンルで同人誌活動をはじめたあとに、[1]コミケで[2]オリジナルＪＵＮＥというジャンルの存在を知って、オリジナルで男性同士の恋愛漫画を描いてもいいんだ！と衝撃を受けたんです。それで、自分でも描いてみようかな、と思って、初めて作ったオリジナルＪＵＮＥの同人誌が『ＫＩＺＵＮＡ ─絆─』でした。

──その同人誌が編集者の目に留まって、新雑誌の執筆陣として白羽の矢が立ったわけではないんですよね。

こだか　そうですね。声をかけていただいた時点では、青磁ビブロスの編集者さんは『ＫＩＺＵＮＡ ─絆─』の同人誌をご存じありませんでした。もともと私は『週刊少年チャンピオン』で漫画家デビューして、お仕事させていただいていたのですが、私に声をかけてくれた青磁ビブロスの編集者さんが、とある作家さんの家で原稿待ちをしているときに、たまたま雑誌に載っていた私の漫画を読んだのだそうです。実はその編集者さんは、私が作った[3]『鎧伝サムライトルーパー』の同人誌を以前に買ってくださったことがあって、その際に私に[4]スケッチブックを頼まれたこともあるとかで私の絵を覚えていたらしくて。それで、創刊を予定していた男の子同士の恋愛を描く漫画誌に私の作品を載せたいと思ってくださったようなんです。

その頃私は、編集者さんが原稿待ちをしていた作家さんのところでアシスタントをしていたので、そのご縁で私のところに青磁ビブロスの編集者さんから直接連絡が来ました。青磁ビブロスのことは同人誌アンソロジーでよく名前を知っていたので、あまり及び腰にならずにすみました。まったく知らない出版社からいただいた連絡だったら、不安と心配が先立ってお会いする気持ちにならなかったかもしれません。初めて青磁ビブロスの編集者さんとお会いしたときは一方的な親近感があって(笑)、和やかにお話しすることができました。その別れ際に、最近出した同人誌はこれです、と参考資料のような感じで『KIZUNA —絆—』の同人誌をお渡ししたところ、編集者さんから電話がかかってきたんです。雑誌創刊前にこれをコミックスにしませんか、と。

——雑誌『MAGAZINE BE×BOY』が創刊される九三年の前年、九二年にBE×BOY COMICSというコミックスレーベルが創刊されていますが、『KIZUNA—絆—』は、こいでみえこさんの『放課後の職員室』とともに、創刊第一弾コミックスでした。

こだか 雑誌創刊前にコミックスを出して、創刊に弾みをつけたかったのではないかと思います。でも、『KIZUNA—絆—』をコミックスにと聞いたときは、思わず断りかけました。それは冒険しすぎじゃないか、と思って。だって、別にオリジナルJUNEのジャンルで人気だったわけでもないですし、それどころかいつも閑古鳥が鳴くようなスペースで出している同人誌をコミックスにして、いったい誰が買うんだろうか、と。しかも創刊レーベルの第一弾ですよ。それはあまりにも無謀だろうと正直思いました。せめて、事前に雑誌に載せて様子見をしたりするものなんじゃないのって。『放課後の職員室』をコミックスで出すことは決定していたそうなので、もしかしたら、一冊よりは二冊あったほうがいいという理由が大きかったのではないかと思います。コミックスにまとめられるほどの長さのオリジナル作品を持っている人が、当時の青磁ビブロスの作家さんたちにはいなくて、そういう意味で『KIZUNA —絆—』が手頃だったんでしょうね。それにしても、すごい博打を打つなあと思いましたが(笑)。しかも、当時の社長には『KIZUNA —絆—』の刊行は反対されていたらしいんですよ。

——反対されていた理由は、なんだったのでしょうか。

こだか　こいでさんの少女漫画的な絵柄に対して、このこだかってヤツのはなんだ、と。こんなの受け入れられないいんじゃないかとずいぶん懸念されていたそうで、あとからその話を聞いて、そりゃごもっともだと思いました。女性向けの漫画で、私のように少年漫画寄りの絵柄は今でもそう見かけるものではありませんし、読者さんにはウケが悪いだろうと、私でも心配するし、反対します(笑)。そこを担当編集者がゴリ押ししてくれたそうです。絶対に売れます、と。

——実際、コミックスが発売されてからの反応はいかがでしたか?

こだか　コミックスが発売されたことに関しては、あまり実感がありませんでした。出版社には申し訳ないけれど、同人誌の延長みたいな感覚でしたね。どうしても出したいと仰っていただいたので出してもらったけれど、やっぱり売れないんだろうなあ、申し訳ないけれど、出したいと言ってくれたのは出版社だしなあ、と思っていました(笑)。

『KIZUNA ―絆―』は、あくまでもレーベル創刊の賑やかし的な存在なんだろうと考えていたのですが、発売から一週間くらいで「増刷が決まりました」と電話が来て、それからしばらくはだいたい一週間ごとに増刷のお知らせの電話をいただくようになりました。

――それはすごいですね。確かに当時は、『KIZUNA ―絆―』を含めBE×BOY COMICSというレーベル自体があっという間に人気を獲得した印象があります。

こだか　男性同士の恋愛を描いたものが好きな、静かに潜伏していた人たちがこぞって手に取ってくださったんじゃないでしょうか。それまでは、そういうものって書店でもあまり目に触れることがなかった気がするので、BE×BOY COMICSが発売されて、「とりあえず買ってみよう」と考えた人が多かったんじゃないかと思います。それと、そういうものが好きな書店員さんたちにずいぶん支えていただいたようです。書店員さんがそれぞれ自店で推してくれていたみたいで。創刊直後に京都のアニメイトでずらっと『KIZUNA ―絆―』が面陳列されているのを見たと友人から教えてもらいましたし、ほかにも、目立つところに平積みしてくれたり、POPを作ってくれたり、こういうものが出ましたよ、とたくさんアピールしてくれていたと、耳にしたことがあります。そんなふうにたくさんの書店員さんが力を注いでくれた影響は大きいと思います。

――自分の作品が人気を得ているという実感はありましたか？

こだか　最初のうちはあまりなかったです。増刷がかかったとたびたび連絡をいただいても、本当に刷られているのか疑っていたくらいで（笑）。目の前で買っていただくのを見ることができたわけではないですしね。初めて、自分のコミックスを読んでくれた人の存在を実感できたのは、ＢＥ×ＢＯＹ ＣＯＭＩＣＳが創刊された年の冬コミでした。抽選に受かってサークル参加するのは決定していて、コミックスが発売されたあとの開催だったので、せめてもの宣伝をするべし、と考えて、コミックス化記念の『ＫＩＺＵＮＡ ―絆―』同人誌を出すことにしたんです。当時はＳＮＳなんかありませんから、『ＫＩＺＵＮＡ ―絆―』の新刊同人誌を出すことを告知できないまま当日を迎えたのですが、開始と同時にすごい数の人がスペースに押し寄せてきて、内心パニックになりました。最初は状況がまったくわからなかったのですが、どうやらコミックスで『ＫＩＺＵＮＡ ―絆―』を知った方たちが、コミケのカタログに載っている小さなカットを頼りに私のサークルを探し出してくれたようで、あっという間に完売してしまって……。あんなに血走った目をした人たちを見たのは初めてでした（笑）。とにかくびっくりしましたね。来てくださった方たちから、ものすごい勢いと情熱が感じられて、なんていうんでしょうか……やっと出口を見つけて外に出ることができたような喜びが伝わってきたように思いました。探していたものを見つけた喜びというか。それはのちに読者さんから『ＫＩＺＵＮＡ―絆―』のコミックスの感想を手紙でいただくようになってからも感じたことなのですが。

――『KIZUNA―絆―』のコミックスが発売された当時、『JUNE』や[5]『ALLAN』といった雑誌はありましたが、男性同士の恋愛を題材とした作品を読みたいと思ったら、まだまだ探さなくては読めないものでした。同人誌と縁がなかった人が商業作品でそういったものを読むのは、簡単ではなかったと思います。

こだか　砂漠で砂金を探すようなものでしたよね。ＢＬコミックスや雑誌の創刊って、その砂金の発見率が格段に上がったようなものだったと思うんです。もしくは、上から急にニンジンをぶら下げられた感じで、市場に潜伏していた人たちを「とにかく飛びつかねば」という気にさせたか(笑)。

ブームが落ち着いてから渦中にいたと気づいた

――九三年に雑誌『MAGAZINE BE×BOY』が創刊されましたが、その前年のコミックスレーベル創刊も合わせ、そういった男性同士の恋愛関係を描いた作品群が、いずれひとつのジャンルとして育っていくような手応えは、感じられたのでしょうか。

こだか 正直そんな予感はまったくなくて、人気が出たとしても一過性のものなんじゃないか、と思っていました。というのも、その頃の自分にとっての漫画は、少年誌、少女誌、青年誌、レディースコミック、別枠で『花とゆめ』みたいな認識で(笑)、『KIZUNA ―絆―』はもちろん、『MAGAZINE BE×BOY』に載っていた作品も、そのどれにもあてはまらないと思っていたからです。あえて仕分けるなら、少女漫画の系統ではあるだろうから『花とゆめ』と同じフォルダかな、と。こんなにジャンルとして成長するとは、全然思っていませんでしたね。そもそも『JUNE』やJUNE的な……というか耽美色の強い作品があるからこそカウンター的に生まれた流れで、あくまでもニッチなものだと思っていましたから。そんなに広く人気を得ることもないだろうし、まあぼちぼちお仕事をいただいてやっていく感じになるんじゃないかと考えていました。

——では『MAGAZINE BE×BOY』がすぐに読者から人気を得たのも予想外でしたか？

こだか　驚きました。大阪の書店に行ったとき、レジ横で『週刊少年ジャンプ』と一緒に積まれているのを見たときは、思わずギョッとしました。これはいったい何が起こっているんだろうって（笑）。

——瞬く間に『MAGAZINE BE×BOY』は人気を博しましたが、創刊年である九三年以降、次々とBL誌が創刊されて、ジャンル全体に追い風が吹いているようでした。

こだか　わけがわからないまま、あっという間にジャンル全体に勢いが付いて、ブームってこういうふうに起こるのか、と思いました。でも、その弊害もあったのですが……。

——というと？

こだか　ここ何年か、雑誌やテレビ番組などでBLや腐女子が取り上げられても、さほどめずらしいことではなくなってきた気がしますが、九〇年代後半あたりなんて、そういうものはまだ一部の人たちのこっそりとしたお楽しみという感じが強くて、メディアに取り上げられるなんて考えてもみたことがなかったんです。そんなときに、ワイドショー的なテレビ番組でBL雑誌やコミックスがトピックとして紹介されていたのを見たことがあるのですが、扱われ方がひどくて。『KIZUNA —絆—』や『MAGAZINE BE×BOY』が映っていて思わず見てしまったのですが、コメンテーターたちの前にBL誌やコミックスがずらっと並べられて、今こんなものがあるんですよ、驚きですよね、というような感じで、まあ好意的には感じられない取り上げられ方だったんですね。しかも、街の人の意見を聞いてみましょう、と街頭インタビューの模様が流れたのですが、街を歩いていたお母さんと娘さんを捕まえて、いきなり読ませたのが『KIZUNA —絆—』だったんです。お母さんは「こんなものが売られているんですか!?」と眉をひそめるし。なんかもう居たたまれない気持ちでいたら、その娘さんが「私、これ嫌いじゃない」というようなことを言ってくれて、勇者だな、と思いましたが(笑)。スタジオでぱらぱらと雑誌やコミックスを読んだコメンテーターのなかには、今でもご活躍されている有名コメンテーターさんもいらっしゃったのですが、その方も「結構好きかも」なんて言ってくれて、ひたすら叩かれるだけではなかったので、それはよかったとは思ったのですが、心臓に悪かったですね。その後、番組を見た地元の友人から「あれはお前の絵では……」とじゃんじゃん電話がかかってきたのが、私の修羅場でした(笑)。

——描き手としてはBLブームをどのように認識されていましたか?

こだか　何誌も掛け持ちしてお仕事されていた方は、ブームの勢いや熱量を如実に感じていたかもしれないけれど、その頃の私は、青磁ビブロス……途中からはビブロスと社名が変わりましたが、一社とだけお仕事させていただいていたので、当時はよくわかっていませんでした。『MAGAZINE BE×BOY』にも『BE・BOY GOLD』にも描かせていただいていたこともあって、とにかく忙しくて、自分の仕事をこなすだけで精いっぱいでしたし。BL誌がたくさん出ているらしいというのはなんとなく知ってはいましたけれど、どんな雑誌がどれだけ出ているのかはわかりませんでした。ただただ目まぐるしく毎日原稿をやっていた時期とブーム時が重なっていたのだと思います。

——九〇年代後半は、『MAGAZINE BE×BOY』では『腐った教師の方程式』を、『BE・BOY GOLD』では『KIZUNA —絆—』をそれぞれ雑誌の創刊当初から連載されていた頃ですね。

こだか　『腐った教師の方程式』は、『MAGAZINE BE×BOY』創刊にあわせて、学園ものをやろうということで打ち合わせしてはじめたものです。『MAGAZINE BE×BOY』の創刊直後からの人気を受けて、わりと早いうちから「もうひとつ雑誌を創刊することになると思うので『KIZUNA ―絆―』はそちらでやりましょう」と言われていまして、のちに『BE・BOY GOLD』が創刊されてからは、『KIZUNA ―絆―』はそちらで描かせていただくことになりました。そもそも『KIZUNA ―絆―』は商業誌で連載をすることなんて考えてもいなかった作品ですから、私のなかではなんともイレギュラーな感じでしたが。

――『KIZUNA ―絆―』や『腐った教師の方程式』は多くの読者に支持されていましたが、それらも実感はなかったのでしょうか。

こだか　応援していただいているのはわかっていましたけれど、比べる基準がないから、それがどれほどの人気なのかがよくわからなかったんです。BLだったらこれくらい売れればベターという数字もわからなかったし。自分の作品がどんな評価を受けているのかも知りませんでした。何かしら原稿を渡すと、担当は「よかったですよー」と毎回言ってくれるのですが、褒めてもらっているのはわかっても、何がどうよかったのかわからないし（笑）。アンケートの結果はこまめに教えてもらっていましたが、それは自分の漫画を楽しく読んでいただいたんだな、と思える結果なだけで、自分の作品にどれくらいファンがいて、というのはわからないですよね。それについていろいろ考えるよりも、目の前のやらなくてはいけない原稿を締切りに間に合わせることのほうが急務だったので、当時は原稿のこと以外はろくに考えていなかったんじゃないでしょうか。あの頃自分はブームの渦中にいたんだな、と思うようになったのは、ブームが落ち着いてからでした。それまでは、自分の仕事を客観視できていなかったと思います。

――たとえば『KIZUNA ―絆―』だったら、九三年にドラマCDが、九四年にはOVAが発売されていますし、『腐った教師の方程式』も九四年にドラマCD、九五年にOVAが発売されています。それぞれBL作品の[6]ドラマCDやOVAの先駆け的存在のひとつでした。こういったことからも作品が確実に支持を得ているのだとは感じられませんでしたか？

こだか　作品の人気がどうのというより、私だったら制作側に意見や要望をわりと言うだろうし、いろいろとメディアミックスを試すのに、私の作品はちょうどいいと思われたのかな、くらいに考えていました。炭坑のカナリアみたいなものかなって。とりあえずCDなりOVAなりに参入してみて、カナリアがぐったりしたら撤退、みたいな(笑)。

――そういえば、真東砂波さんの[7]『FAKE』と合同で、[8]ドラマCDのキャストが出演するイベントも開催されていましたよね。今では声優の方々がステージ上で朗読ドラマを演じるのもめずらしくなくなりましたが、あれも先駆けだったのでは。

こだか　同様にカナリアですね（笑）。なんかイベントをやってみよう、じゃ『KIZUNA ―絆―』で、みたいな。『KIZUNA ―絆―』だけだとあまりにも不安だと訴えて、『KIZUNA ―絆―』同様にドラマCDが発売されていた『FAKE』を巻き込んだ形になりましたが、名だたる声優さんたちにご出演いただけて、ありがたいやらなんか申し訳ないやら。イベント開催自体、出版社にもドラマCDの制作サイドにもまだノウハウがあったわけでもなかった頃でしょうし、関係者のみなさんが試行錯誤でやってくださったんだと思います。

――ボーイズラブというジャンルの名称は、ブームと同時に拡散・浸透したように思うのですが、ご自身が描いている作品がそう呼ばれるものだと意識したのはいつ頃ですか？

こだか　九〇年代半ば頃の[9]『ぱふ』の特集を見てからですね。『ぱふ』の造語ではないとあとから知りましたが、なるほど、と思いました。言い得て妙というか。周りからは「あんたの漫画にはあてはまらない」と言われていましたが（笑）。

――ボーイズというところがひっかかるのでしょうか(笑)。

こだか そんなかわいい呼ばれ方はそぐわないぞってことなんでしょうね。ちょうどブームが起こってその名称が広がりだした頃というのは学園ものが全盛期で、やがてリーマンものに移っていくような時期だったのですが、ボーイズがラブでボーイズラブというのは、ジャンルの呼称としてはぴったりだな、と思っていました。リーマンものを中心にメンズラブなんて言い方が登場したこともありましたよね。ブームの頃は、ボーイズラブという言葉がどれだけ浸透しても、あくまでも一部の女子オタクだけに通じるもので、そこからさらに広がるなんてことは考えたこともなかったです。それもあって、いまだにボーイズラブだＢＬだとオタク界隈以外で耳にすると、ちょっと落ち着かない気持ちになります。

ＢＬの自由度の高さを楽しんでいた

――先ほど、ブームが落ち着いてからブームの渦中にいたことがわかったとお話しされていましたが、当時を振り返ってみてあらためて感じることなどはありますか？

こだか　よく言われることかもしれませんが、あの頃のＢＬの盛り上がりはまさにバブルだったな、と思います。狂乱でしたね。渦中にいたときはよく状況がわかりませんでしたが、それでも何かふわふわしているというか、地に足が着いていないまま前へ前へと進まされているような、変な勢いは感じていました。それと、状況がよく把握できていないなりに、この勢いがずっと続くとは思っていませんでした。ただ、特にそれを大きな不安に感じていたわけでもなかったです。盛り上がれば盛り下がるものだし、まあ、この泡はいずれ弾けるとして、だからといってジャンルが消滅するようなこともないだろう、と。男性同士の恋愛関係にときめく人たちがいなくなるとはどうしたって思えなかったので、そこは心配したことはありませんでした。

――漫画家としてのキャリアを少年誌でスタートされましたが、いずれＢＬ以外の作品もまた描きたいと思っていましたか？

こだか　ブームの渦中にいた頃は、そんなことを考えている余裕はまったくなかったですね。それはブームが落ち着いてきてからも同じで、ＢＬで描きたいものがまだまだありすぎました。ＢＬは男性同士の恋愛関係が題材になっているという条件以外は、自由度がとても高いジャンルなので、あれも描きたい、これも描きたいと、頭のなかがいっぱいでした。ＢＬを描きつづけることに不満があったわけでもなかったですし、特にＢＬ以外のジャンルで描きたいという強い欲求もなかったんです。

――少年誌での執筆を経験されていたことは影響があったと思いますか？

こだか　それはあったと思います。だからこそ余計にＢＬの自由度の高さを楽しめていたのではないでしょうか。少年誌で描くほうが、自分にとっては縛りがきつくて苦しかったです。自分もまだまだ若くて幼かったですし、デビューしたてのド新人でしたし。ネームを出しても通らないことはざらにあるし、描きたい気持ちがなかなか原稿に繋がらなかったので、余計に、ＢＬでどんどん作品を描かせてもらえることがうれしくて仕方なくて。やりがいもあるし、不満の持ちようがなかったんですよね。

――『KIZUNA ―絆―』の同人誌を発行されてはいましたが、『MAGAZINE BE×BOY』で描くまで、オリジナルＢＬの執筆経験は、実はそんなにないですよね？

こだか　『ＫＩＺＵＮＡ ―絆―』をやりはじめるまでは、アニメジャンルで二次創作同人誌をやっていましたが、ほぼといっていいほどないですね。原稿を描きながら、スキルを学んでいった感じです。カラー原稿も、ＢＬで仕事をするようになってから独学でなんとかこなしていました。画材なんて、はじめのうちは学校で使うような水彩絵の具しか持っていなかったですし。だから、BE×BOY COMICSの『KIZUNA —絆—』一巻の表紙イラストは、モノクロなんですよ。当時、私がカラーの描き方を知らなかったから(笑)。

そもそも、オリジナルJUNEと呼ばれていたものに大ハマリしていたかというと、そういうわけでもなかったんです。もちろん、その手のものは好きでしたよ。好きでしたけど、そういうものが好きな猛者たちに比べたら、圧倒的に知識量は少なかったと思います。今でこそいろいろ萌え回路が開いていますが、当時の私には、[10]バトルもののライバル同士の関係っていいよね、くらいのチャンネルしかなかったんじゃないでしょうか(笑)。最初に青磁ビブロスさんから声をかけてもらったときは、そんな程度の回路でいいと言ってもらえたから、やらせていただく気になれたんです。私の絵柄が一般受けするとは思っていませんでしたし、生粋のオリジナルJUNEを好きな人とは違う感覚かもしれませんけれど、それでもいいんですか、と聞いたところ、少年誌や青年誌の作品を読んで「キャラクターたちがこんな関係だったらいいのに」と妄想する人たちが読んで楽しめるものが必要なんです、と言っていただいて。それなら自分にも描けるかな、と思えました。

――原稿を執筆する際に、編集部からなにか要望を出されたことはあるのですか？

こだか　私は、ほぼないです。オールフリーといってもいいくらい（笑）。特にブーム前後は、ジャンルに勢いがあったぶん、私に限らずどの作家さんも何を描いてもOKというような雰囲気があった気がします。売り上げにシビアにならざるをえない状況になってからデビューされた方たちは、また違う雰囲気のなかで描かれているようにも思いますね。読者さんのニーズを重要視した結果、やはり編集部も保守的にもなるでしょうし、そのニーズが作家にとっては必要以上の縛りになることがないとは言えませんから。ＢＬ黎明期やブームの頃は、作品の内容に関しては、本当に作家に任せられていたところが大きかったんですよ。おかげでずいぶんと好きに描かせてもらいました。ハッピーエンドにしてください、と言われたこともなかったですし。ずいぶんあとになって、いろいろなＢＬ誌で描かれている若いＢＬ作家さんたちと話をする機会があったのですが、ハッピーエンドでとか、主人公の年齢はこれくらいでとか、流行りの絵柄に近づけてくれとか、そんな要望を編集部から出されたことがある、なんて話を聞いて、すごく驚いたくらいです。

――では、ブーム期での出来事で特に印象深いことはなんですか？

こだか　ＢＬ誌が創刊されまくってまさにバブル状態だったとき、どんな同人誌即売会でも、ＢＬ誌で描いていてオリジナル同人誌もやっていた人たちのスペースはたいてい長蛇の列だったことでしょうか。各サークルがイベントに搬入していた同人誌の冊数も半端なかったんじゃないかな、と思います。一般参加の人たちの勢いもすごくて、熱気があったのを覚えています。

――バブルだったときは、ＢＬ作品がたくさんあるのがうれしくて、片っ端から読んでいたという人も多かったのではないでしょうか。

こだか　私も今よりはＢＬを読んでいた気がします。今は、ＢＬ作品を読めるのが当たり前だから、多くあるなかから〝選ぶ〟という感覚なのだと思うのですが、当時は、見当たらないのが当たり前で、そんななか現れた商業ＢＬ作品に対しては、数があることにまずテンションが上がっていた人たちが結構いたと思います。もっと、もっと！という欲求が読者さんから湧き出ていましたね。それを感じていたからか、作家もみんな常に全力疾走だったんじゃないでしょうか。とにかく描かなくちゃって、何かに急き立てられるような心境でした。

ニューヨークでサイン会を開催！

――ＢＬに関して興味のない人たちがＢＬに対してどんな反応をしていたか、これまで知る機会はありましたか？

こだか　特にＢＬブームのときは、何かとＢＬについて聞かれることが多かったように思います。少年誌の漫画家さんと飲んだときには「ＢＬはずいぶん景気がいいらしいじゃないか」と言われて、傍からそう言われるほど勢いがあるのか、とびっくりした記憶があります。あと、『ＭＡＧＡＺＩＮＥ ＢＥ×ＢＯＹ』を立ち上げたカリスマ編集者はどんな人なのか、と他社の編集者さんに聞かれることがとにかく増えて、立役者である初代の編集長にしろ副編集長にしろ、自分がよく見知った相手だっただけに「カリスマなのか……」と、なんかちょっと面白くなっちゃいましたね（笑）。『ＭＡＧＡＺＩＮＥ ＢＥ×ＢＯＹ』だったか『ＢＥ・ＢＯＹ ＧＯＬＤ』だったか忘れてしまいましたが、雑誌なのに増刷がかかったこともありましたし、よくＢＬ界を知らない人にしてみたら、なんでこんなにＢＬ人気があるのか、不思議で仕方なかったんだろうな、と思います。実際、そういう疑問をぶつけられたこともありますし。

――それには、なんと答えていたのですか?

こだか　なんて言っていたんだろう(笑)。今思うのは、『MAGAZINE BE×BOY』が売れていたからといって、『MAGAZINE BE×BOY』の形だけ真似してもそりゃあ売れなかっただろうな、ということです。実際、何誌も創刊してはつぶれていますしね。BLにさほど興味のない編集さんが、読者に人気があるかどうか実感できていない作家を集めて雑誌を作っても、上手くいかないように思います。これはちょっと語弊のある言い方になってしまうかもしれないのですが、『MAGAZINE BE×BOY』を立ち上げた人たちや創刊から支えた編集者さんたちって、一〇〇%ビジネスのつもりではなかったと思うんですよ。『MAGAZINE BE×BOY』は、「自分はこんなのが読みたいんです」という編集者と、「自分はこんなのが描きたいんです」という作家、それぞれの思いが見事にマッチした、同人誌でいうところの合同誌のようなものだったのではないか、と。読者と同じ欲求と熱量が編集さんにあったんですよね。その熱を編集者が持っているかいないかというのは、ことBLにおいては大きく影響するような気がします。BLが人気らしいから売らん哉、じゃダメなんですよ、きっと。特に創刊当初の『MAGAZINE BE×BOY』って、「これはすごくいいと思うの!」とお薦めしたくて仕方がない作品を編集さんが集めて作ったものを、「見せて見せて！」と読者さんが授業中に回し読みするみたいな感じだったと思うんです（笑）。自分たちだけのお楽しみを満喫しましょう、という雰囲気でした。まあ、『ＭＡＧＡＺＩＮＥ ＢＥ×ＢＯＹ』に限らず、ＢＬって、もともとそういうところがあるジャンルのような気がするのですが。

——現在ほどＢＬの存在が広く知られる以前は、わかる人だけにわかるお楽しみ、という雰囲気が顕著にありましたね。あくまでもわかっているグループ内の回し読みという感じで、けっして学級文庫として教室の後ろに置いてあるものではないというか。誰にでも見せていいわけではないという暗黙のルールみたいなものがあったかもしれません。

こだか　回し読みはしても、絶対に先生に見つかって没収はされたくないんですよね（笑）。ブームの頃でさえＢＬがメディアに取り上げられることにあまりいい印象を持っていない人がとても多かったと思うのですが、要はそういうことだったと思うんですよ。こっそり楽しんでいた〝私たちのお楽しみ〟を白日の下に晒さないで、という。

——とはいえ、ＢＬはＢＬ読者以外の注目も集めつづけ、海外でも翻訳版が出版されるまでになっていきます。ご自身も、二〇〇五年にニューヨークでサイン会を行っていますよね。

こだか　『ＫＩＺＵＮＡ —絆—』の英語版が出版されて、その記念サイン会を開いていただくことになりましてニューヨークにお招きいただきました。その前日には、ジャパンソサエティがアニメ『ＫＩＺＵＮＡ』の上映会とちょっとしたトークイベントを開催してくださって、ありがたいことにどちらも盛況でした。海外在住の日本の方だけでなく、外国の方もずいぶん来場していただいて、とてもうれしかったです。

——同年の十月には[11]Ｙａｏｉ Ｃｏｎにも参加されています。

こだか　Ｙａｏｉ Ｃｏｎは、それ以前から何度もお声がけいただいていたのですが、なかなかタイミングが合わなくて、いいお返事ができずにいたんです。たまたまニューヨークのサイン会でお世話になった通訳の方とＹａｏｉ Ｃｏｎの主催者の方がお知り合いで、通訳の方を通してまたご依頼いただいたので、通訳の方に義理を通すというわけでもなかったのですが、今回こそは参加できるようにしなくちゃ、と思って、万全のスケジュールで臨みました(笑)。

——当時、ＢＬが海外から注目を受けていることをご存じでしたか？

こだか　いえ、まったく。わりと初期から英語版やイタリア語版など翻訳版がいろいろな言語で刊行されていたのは知っていましたが、出す機会があるから出すんだろう、くらいに思っていました。海外メディアの取材を日本で受けたこともあるのですが、日本のBLが一定以上の支持を海外で得ているとは実感がなくて。海外で行ったサイン会やイベントにたくさんの人が来てくださったのを見て初めて、日本のBLって、もしかしたらすごいのかもしれないな、と思いました。

勢いのあるジャンルが持つ楽しさを自覚がないままに享受していた

——BL漫画は、読切作品や読切シリーズが主流なことから、コミックスに巻数表示がつくような長編がほかのジャンルに比べて極端に少ないのが特徴ですが、ご自身は『KIZUNA —絆—』『腐った教師の方程式』という、[12]コミックスが二桁巻数になったほどの長編を二つお持ちです。どちらもはじめからそれくらいの長さを見越して連載されていたのですか？

こだか　まさか！（笑）　両方とも雑誌の創刊時から連載させていただいた作品ですが、短く終わらせようとも思っていなかったし、長くしようとも思っていませんでした。それぞれ、途中でそろそろ終わらせようと思ったことが何度かありましたよ。でも、そう思ったときのアンケートの結果が、まだいいままで。読者のニーズがあるうちは、担当からも続きを描くよう要望がありましたし、それに応えているうちに十巻に到達した感じです。

——完結する時期はご自身で決めたのですか？

こだか　そうです。『腐った教師の方程式』は、コミックス九巻のあたりを連載しているときから、少しずつアンケートの結果が揮《ふる》わなくなってきて、担当からは梃入《てこい》れをしてもう少しやりましょうと言ってもらったのですが、この先何十巻もやるつもりはなかったし、もう完結させる頃合いじゃないかと思ったんですね。それで、風呂敷を畳む準備も必要ですからそのぶんを考えて、十巻で終わらせることにしました。『KIZUNA―絆―』も、読者さんから続きの要望をいただけるうちは描こうと思っていたのですが、この作品は最初の頃からスピードを飛ばし気味で描いてしまっていたこともあって、だんだん『KIZUNA―絆―』で何を描いたらいいか、わからなくなっていたんです。抗争も描いたし、記憶喪失も描いたし、結婚問題も描いた。さあ、あと何を描いたらいいんだ!?って（笑）。そんなまま続けるのは苦しいだけなので、キリのいいところで終わらせたい気持ちがずっとありました。それで、十巻に入りきらなかったエピソードを収める形で、十一巻で区切りをつけさせてもらうことにしたんです。大々的に終わらせるのが嫌だったので、編集部には申し訳ないなと思ったのですが、宣伝も極力しないでくれとお願いして、ひっそり終わらせてもらいました。『KIZUNA―絆―』も『腐った教師の方程式』も、思っていたよりも本当に長く描かせていただいたな、とあらためて思います。

――どちらも熱烈なファンが存在している作品でしたから、十巻に到達するほどの長期連載になっても不思議な感じはしませんでした。

こだか　特に『KIZUNA―絆―』は熱い応援をたくさんいただいていました。ありがたいことです。『ミザリー』のようなというか(笑)、こう描いてくれなきゃ許さない的な、過激なことをファンレターに書いてくる方もいらっしゃいましたので、余計にひっそり終わらせようと思っていたところはあります。『KIZUNA―絆―』も『腐った教師の方程式』もいまだに「読んでいました」と言ってくださる方が多くて、うれしいですね。

――ブームの渦中、第一線で活躍しつづけることや、熱烈なファンが存在している作品のクオリティを維持しつづけることに、気持ちが疲弊してしまうようなことはありませんでした？

こだか　それはなかったです。若かったからでしょうか。変にハイテンションになっていたところはあったかもしれないですね。たとえるなら、すごく忙しいビストロみたいな感じだったと思います。お客さんがどんどん来店してくれて、担当編集が給仕をやってくれるんだけど、良かれと思ってがんがんオーダーを取ってくるものだから厨房は戦場のような状態で、シェフである自分はゾーンに入りっぱなし（笑）。オーダーをこなすのに必死すぎて疲労を感じている間もなく、休憩を取ろうにも食べ終わったはずのお客さんは席を離れず、そのうえ新客もどんどん来てくれる。店舗のキャパシティ的にはもう限界を超えているのに、でも、不思議となんとかなってしまって、明日も普通に開店、みたいな、そんなお店だったんじゃないかと思います。

私だけでなく、ＢＬ黎明期から活動していた作家さんは、みんなそんな感じだったんじゃないでしょうか。漫画描きでも小説書きでも、もしかしたら今の人たちより創作するということに執着していたのかもしれないですね。私も含めてそういう人たちにとっては、ＢＬを商業誌でやれることに今ほど当たり前感がなくて、やれているうちにやっておかなくちゃ、という気持ちが強かったのかもしれません。単純に「好きなものが描けるぜ、わーい」って喜んでいただけのようにも思いますが（笑）。

勢いのあるジャンルが持つ楽しさってあるじゃないですか。たぶん自覚のないままに、それを享受していたように思いますし、読者の方たちも同様に、ジャンルを丸ごと楽しんでいたような気がします。ハッピーエンドでなくても、どんなシチュエーションでも、まずは読んでみる。作品が簡単には見当たらなかった時代を知っている方は、特にそういうところがあったのかもしれません。今は、選択しなくては読めないほどたくさんＢＬ作品があふれているぶん、選ぶ側である読者さんのニーズも明確になっていて、作家は自分の作品を読んでもらうために、まず読者さんに選ばれなくてはいけない。ブームの頃に比べたら、自分の作品を読んでもらうためにひとつ余分なハードルがあるようなもので、それだけでも昔に比べたら大変だよね、と思います。

――読者の変化も感じるところはありますか？

こだか　たくさんあるから選んで読む、ということに通じるように思いますが、なるべく損をしたくないと考える読者さんが増えたのかな、と思います。お金も時間も限られていますから、そのこと自体は当たり前だとも思うんですけれど。特に同人誌や、Ｐｉｘｉｖなどのインターネットで公開されている作品で、前書きなりタグなりで、よく内容的なことを前もって注意されているじゃないですか。「アンハッピーエンドです」とか「流血描写あり」とか「人死にあり」とか。そういう注意書きをつけましょうという暗黙のルールというか、読者さんにショックを与えないために前書きをつけるということは、本当に読者さんの望んでいることなのかなあ、とは思いますね。そういう希望を出す方がいたから蔓延してきたことなのだとは思いますが、作品を提供する側が過剰防衛になりすぎているところもあるんじゃないかなって。このままだとミステリーで「このキャラが犯人ですが、大丈夫ですか？」ってお伺いを立てなきゃいけなくなりそうじゃないですか(笑)。

漫画でも小説でも、ショッキングな結末を迎えるものや予想外の展開を見せるものは過去作にもたくさんありますが、ショックを受けた、こんな話とは思わなかったと作り手に伝えたくなる方というのは、そういった過去の作品にも過敏に反応されるのでしょうか。読んでくださる方のニーズに応えるというのは大切なことだと思いますが、必要以上に媚びる必要はないんじゃないかな、と思うんですよね。私は、読者としては野良育ちで(笑)、読んでみて結果的に自分の苦手なものだったとしても、特にダメージを受けないので、過敏にショックを受ける方の気持ちが今ひとつわかっていないところがあるとは思います。どうしたって私は作り手側に立ってしまうので、読者さんに喜んでほしいな、楽しんでほしいな、という気持ちがある一方で、同じくらい、作り手側が委縮することなく作品を作っていける状況であってほしいなと思います。

作品に我を通そうとするのが大事なのでは

――ブームを機に、ＢＬ好きな読者以外からもＢＬに注目が集まるようになりましたが、ブームの前後で創作に対するスタンスに変化はありましたか？

こだか　変わっていないはずだと思います。そこを変えると、自分の描くものがブレてしまうので。作家の友人たちから聞く話だと、編集さんによっては「そういうものは売れないから、流行りのこういうものを描いてください」と提示されるらしいんですけれど、言われたとおりに描いたからって、読者さんから支持されるとは限らないじゃないですか。ご時世的に、編集さんは売り上げを上げなくちゃいけないから冒険したくないだろうし、作家も仕事がほしいからなるべく編集さんの意を汲もうとする。そのこと自体が別に悪いわけではなくて、編集さんのリクエストに応える形でも、どこかに我を通そうとするのが大事なんじゃないかと思います。基本的に私は、学園ものでとか今回はこういう感じでとか、担当から何かしらのリクエストをもらって作品を描くことが多いのですが、どんなネタでもそのなかに、自分はこういうものを描きたいんだ、というものを見つけて、それを描くようにしています。そういう意識は、以前から変わっていないんじゃないかと思いますね。

――『KIZUNA ―絆―』も『腐った教師の方程式』も通したい我があったということですね。

こだか あの二作は、我しか通していません（笑）。好きなようにやらせてもらっていました。もちろん自由にやらせてもらう以上、当たり前ですが自己責任なので、担当編集者以上にアンケートの結果を気にして、自分で軌道修正をかけながら描いていました。いまだにリブレさんでお仕事するときは、基本的にはフリーダムです。『KIZUNA ―絆―』の頃から担当編集者が変わっていなくて、もう長年の付き合いなので、私の引き出しから出てくるものをわかってくれているし、信頼していただいているからだと思うんですけどね。

――その担当編集の方はこだかファンにはお馴染みですが、本当に長いお付き合いですよね。

こだか　こんなに長く担当が替わらないのは、滅多にないことだと思います。担当とのエピソードを描いてコミックスが出せるくらい、ネタと笑いを提供してくれる面白い人なので、担当を替えてほしいと思ったこともないんですよね。その人が担当だからこそ、ここまでフリーダムにやらせてもらえているんだろうとも思います。その担当にしてみると、私のコミックスのおまけ漫画に登場しはじめてから、出会った人に名乗るとよく笑われるようになったそうで、なんかいろいろ不服らしいんですけど(笑)。

――ＢＬに限ったことではありませんが、編集者との関係に悩まれる作家の話を時折耳にします。作品を作っていく作業のなかで、編集者と意見が食い違うこともあると思うのですが、そういった場合はどうされるのですか？

こだか　当たり前ですけれど、食い違ったら話し合いですね。ただ、絶対に編集者より漫画家のほうがその作品のことを考えているじゃないですか(笑)。なので、論破されるか納得させられない限りは、こちらの意見は引っ込めません。こうしたほうがいいという根拠があって描いたものに対して、根拠なく意見を言われても聞き入れられないんですよ。たぶんこれは、少年誌時代の担当編集者の影響が大きいんだと思います。その方は、ここでこうコマを使えばこう目線が動くから、こう直したらよくなるんじゃないか、とか、常にきっちり説明してくれていたので、とても勉強になりました。それが身に染みていて、話の流れなりなんなり、変えさせたいなら納得させてくれ、と思っているんでしょうね。もちろん、理路整然としたような意見でなくても、担当の言葉に納得がいったら受け入れますよ。

ＢＬで難しいのは、漫画の作り方うんぬんではない、萌えとか感覚的な部分で編集者と意見がずれると、双方折り合うのが容易ではないことかなと思います。ＢＬ以外のジャンルの漫画に比べ、感覚的なところがＢＬでは大きい要素を占めているように思うので。ヒゲが好きとかヘタレがいいとか、理屈じゃないじゃないですか(笑)。私はそういう経験はないのですが、自分の描きたい萌えが編集者のツボではなかったり、編集者の推す萌えが作家にはピンとこなかったりすると、これは話し合いでどうこうできるものではないんですよね。どちらかが折れるしかない気がします。

――そういう感覚的な部分を含め、作家さんとどうやりとりをしたらいいか、悩むＢＬ編集者も多いのではないかと思います。

こだか　そうみたいです。実は以前に編集の方々と、漫画家として自分はこう考えています、こういうふうに仕事をしていますす的なことをお話しする機会があったのですが、作家との距離感に悩まれている方が多くてちょっと驚きました。そのとき、作家と意見が食い違ったときに編集者としての意向をどのように作家に伝えたらいいか、と聞かれたことがありまして……。

――なんと答えられたのか、知りたいです。

こだか　あくまでも私の考えとしてですが、自分の意見を上手く伝えられないときは、編集部の意向でとか、読者の傾向的にとか、そんな言葉ではなく、「自分はこういうものが読みたいんです」と感想を言えばいいのではないか、とお話しさせていただきました。私だったらそれでいいです。目の前の編集さんから「このキャラ、いいですね」とかその人なりの言葉で伝えられると、それならそのキャラがもっと映えるように工夫せねば！と単純に思っちゃいますからね。感想を言いつつ、自分が思う方向に誘導すればいいんです。編集者は姑息でいいと思いますよ。おだてられても悪い気はしませんが、流行りなのでこうしてとか、編集部の意向だからああしてとか言われたら、たぶん私の血圧は上がります（笑）。目の前のあなたはどう思っているのか、と。そこが聞きたいわけです。作家にとっては担当が第一読者なので、その読者の言葉には耳を傾けますよ。もちろん作家さんにもよると思いますが、私個人としては、自分の担当にはどんどん感想を言ってほしいです。担当という読者にまず面白いと言ってもらえるよう、よりいいものを描こう、がんばろうって思えますから。

――それは漫画を描くうえでのモチベーションのひとつだったりしますか？

こだか　担当に限らず、読者さんに喜んでほしいというのは創作の大きなモチベーションです。これまでにも、いただいたファンレターにずいぶんと励まされ、支えられました。BL読者さんの感想って細かくて、あの回のあのコマがよかった、あの顔がよかった、あの展開がよかった、とみなさんそれぞれ自分の好きなところを教えてくれるんですね。もちろん、全部ひっくるめて「よかったです」「萌えました」と言っていただけるのもうれしいですよ。いろいろな読者さんの感想がナビゲートしてくれたから、これまで描きつづけてこられたのかなと思います。

　まあ、担当が第一の読者といってもただの読者ではないので、作家とのやりとりなどに悩む気持ちもわからなくはないんです。仕事を一緒にしている以上、作家の機嫌を損ねてしまうかもとか、はっきりものを言ったら傷つけてしまうかもとか、いろいろ懸念してしまうこともあるでしょうし。ただ、さっき編集者は姑息でもいいと言いましたが、同時に誠実であってほしいとも思います。たとえば、編集からの意向を取り入れて、話の流れを変えたり、流行りの萌え要素を加えた作品が芳しくない結果を残したとするじゃないですか。そういうときに、作家の責任はもちろん大きいだろうけれど、そこですべてを作家のせいにしない編集であってほしい。意見を言いっぱなしにしないでほしいんです。似たようなケースで苦しんでいる作家の知り合いがいるので、余計にそう思うのかもしれません。私は漫画家なのでどうしても漫画家側に立ってものを見てしまいますが。そういったことも含めて、ブームの勢いに乗って作家が野放図にやらせてもらっていた頃に比べると、ＢＬというジャンルが安定したからこそ目立ってきた悩みなのかもしれないな、と思いますね。

商業誌は、描きたい気持ちだけじゃやっていけない

――ＢＬを描きはじめてから現在に至るまで、ご自身に大きな心境の変化はありましたか？

こだか　どうかな……。最初の十年はとにかく駆け抜けた感じで、よく覚えていないことだらけなんです。自分のことやＢＬというジャンルのことを多少は落ち着いて考えられる

ようになったのは、それ以降ですから。ＢＬジャンルが確立したということが実感として捉えられるようになったのは、自分のＢＬ作家生活が二十年目に入るか入らないかくらいからようやくという感じでした。

——なぜその時期にジャンルの確立を捉えられるようになったのだと思われますか？

こだか　無我夢中で突っ走っていた十年が過ぎて、少しずつスピードを落としはじめ、二十年目に差しかかったあたりで、ようやく周りの風景をゆっくり見られる速度まで落ち着いたからじゃないでしょうか。二十年目あたりって、自分の十年あとにデビューした作家さんたちが各雑誌の看板を張るようになったくらいで、世代交代が終わったような空気も感じていましたし、それまでトップに入れっぱなしだったギアを徐々にシフトダウンし終えた頃だったんです。

以前に出版社のパーティーで和田慎二先生にお会いする機会がありまして、そのときに和田先生からデビューして何年になるのかと尋ねられたんです。十年になります、とお答えしたところ、「まだヒヨコだね。二十年経ったら、漫画家ですと胸を張っていいんじゃないかな」と和田先生が仰られたことがあって。それで二十年というのが、自分にとってひとつの節目として認識されていたのかもしれません。和田先生は「デビューして

ずっと描きつづけている作家よりも、消えていく作家のほうが多いんだよ」とも仰ってい
て、それは本当に痛感します。描きたいという気持ちだけじゃやっていけないのが商業誌
なんだよなって。出版社に場所を与えてもらえなきゃ、商業誌に作品が載らないわけです
から。ＢＬ作家の世代も移り変わって、自分が渦の中心から外周へとゆっくり流されてき
たのをきちんと自覚したときから、場所がもらえなければ商業誌では描けないんだ、とい
う危機感が高まっていきました。もちろん、その危機感は今でも変わらずにあります。
瑞々しい描き手さんはどんどん現れて、自分は年々ポンコツになっていきますし(笑)。
今の自分だから描けるものは何かな、どこでだったら場所が見つけられるかな、というこ
とは、やはり常に考えますよね。

——作家としての自分のポジションを客観視するようになったということでしょうか。

こだか　そうですね。ジャンルの現状が見えたことで、ＢＬ作家としての自分の需要だと
か、これからどうしていくべきかを以前よりはずいぶんと考えるようになったと思いま
す。最初の十年は無我夢中で突っ走っていましたが、同時に、大きな奔流に巻き込まれて
いた感じで、洗濯機の渦のなかでぐるぐると回っていて、周りなんてろくに見えていませ
んでしたから。流れの勢いが緩やかになるに従って、渦の中心から外周へ流されていった

のですが、その頃になってようやく視界が開けました。そのとき、自分が今いる外周から流れを無視して無理やり中心に向かって泳いでいくのは無茶だと思いましたし、描き手の世代交代も進んでいて、中心にいられるような新しい作風というか感性にはハマれないと思っていました。それで、これからはハイエナになろうと思ったんです。読者さんから支持を多く得ていた人気作家にハマらない読者さんもいると思ったので、メインの人気作家がわーっと活躍したあとに、こそっと現れて残りをいただくことにしよう、と(笑)。実際には食べるのは読者さんのほうだと思うので、メインの食事が出たあとに「こんなのもありますけど…」って自分から身を投げ出す一口料理のような感じかもしれないんですけど。

——現在はさらにそのときからキャリアを重ねて、ＢＬ作家デビューをされてから四半世紀近くの時間が流れています。

こだか　恐ろしい事実ですね(笑)。

——ＢＬを描くのに飽きたことはありますか？

こだか　ないです。ほとんどのパターンは描き尽くしたようにも思うし、ほかの人にも描かれ尽くされているように思うのですが、まだ自分が描けるものはあると思っています。

残されている骨に意外と美味しいお肉が残っているような気がするんですよ。骨をしゃぶる勢いで、これからもBLを描いていきたいですね。

――今、タイムマシンでブームの渦中にいた頃に戻れるとしたら、あれをやり直したい、もう一度あれを経験してみたい、と思うようなことはありますか？

こだか　……戻らなくていいです(笑)。楽しいことと苦しいことがひとつの時代に同居しているので、もう一度あの時代を経験するのは、ちょっと遠慮したいですね。

――苦しいというのは、どんなことだったのでしょうか。

こだか　産みの苦しみなどではなくて、単純に時間がなくてつらかったんです。『KIZUNA―絆―』と『腐った教師の方程式』、それからビブロスが刊行していた非BL誌の『ZERO』で『KI・ME・RA』と、三作品を同時期に描いていたときは、月産百枚を超えていたのかな……文字通り寝る時間も惜しんで原稿を描いていたのですが、ちょっと間ができると、眠い・寝たいを通り越して、どうして人間は寝なくちゃいけないんだろう、とぼーっと考えていました。寝なくても死なないんじゃないかなーとか思っていたのですが、結局ぶっ倒れまして。やはり寝なくてはダメでしたね(笑)。あまりの忙しさに、ちょっとおかしくなっていたようにも思います。三作品同時進行なので、アシスタントさんも入れ代わり立ち代わり来てもらっていたのですが、一回限りの臨時の方なんかも多くて。自分が原稿を描くのでいっぱいいっぱいでしたし、きちんとお話しすることも顔を覚えることもできなくて、手伝っていただいていたのに申し訳なかったです。常駐のアシなんかは、私の仕事場に二ヶ月弱くらいいる羽目になって、その間に季節がすっかり変わってしまったので、帰るときに季節にあった服がなくて、驚愕していたこともありました。とにかく、若さ頼みで、若さにものをいわせていましたね。今、当時と同じことをやるのは絶対に無理です。

——では、楽しかったことというのは？

こだか　漫画を描けるというシンプルな喜びですね。描けば描いたぶん、読者さんから反響もあるし、担当も褒めてくれるし、テンションが上がりました。でも、無理をすればするだけ体はボロボロになっていったので、痛み分けというかなんなのか。楽しかった思い出としんどかった思い出がセットになっているというのは、なんとも複雑です(笑)。

——その頃は〝カナリア〟だった時期とも重なると思いますが、新しいことに先陣を切ってチャレンジするのはいかがでしたか？

こだか　挑戦そのものは好きだし、楽しかったです。無謀なことをするのも吝《やぶさ》かではない性質なのですが、たまには安全を確かめてから私に振ってくれる案件があってもよくないか、とは思っていましたね（笑）。ただ、様々なことに挑戦させてもらえたからこそ経験できたこともたくさんあったので、それは本当にありがたかったです。『ＫＩＺＵＮＡ―絆―』も『腐った教師の方程式』も、ドラマＣＤなどを長年にわたって複数作出していただいていることもあって、作品に関わってくださった声優さんたちとも十年以上の付き合いになりました。音響監督やミキサーの方など制作スタッフさんとも親しくなって、仕事の現場をばっちり見せてもらったりと、そういうご縁がいただけたのも貴重ですし、普段自分がやっていることとは違う現場に触れることができたのが何より楽しかったので、まあカナリアも悪いことばかりではなかったです（笑）。

――なかでもいちばんうれしかったのはどんなことですか？

こだか　『ＫＩＺＵＮＡ　―絆―』の外伝で「ＧＵＮ＆ＨＥＡＶＥＮ」という作品があるんですが、その音声ドラマを『ＫＩＺＵＮＡ　―絆―』のドラマＣＤに収録することになったときに、プロデューサーからドラマに歌をつけないかと提案されたんです。こちらからは特に何の要望も出していなかったのですが、歌を[13]ＭＩＯ（ＭＩＱ）さんに依頼するのはどうですかと言われて、私は筋金入りのオタクなので、びっくりするわうれしいわ、ぜひにとお願いして、実現されたときは本当にうれしかったですね。レコーディングにもお邪魔させてもらい、生歌が聞けて至福でした。そういう意味では、『KIZUNA—絆—』に出演してくださった堀川亮（りょう）さんや、『腐った教師の方程式』に出演してくださった井上和彦さんも、自分が学生の頃からアニメを通して聞いていた、よく知っている声優さんだったので、その方たちが自分の作品のキャラを演じてくれるなんて、想像したこともなくてなんとも不思議な感じでした。これはもう自分へのご褒美だなあ、なんて思っていました。

BLがバラエティ豊かな、雑多な世界であるように

——二〇一〇年からは、それまで雑誌に連載されていた[14]『BORDER 境界線』が完全描き下ろしコミックスとして刊行されるようになりました。BL作家としてのキャリアが二十年近くになっての、また新たな挑戦だったと思うのですが。

こだか　一巻まるまる描き下ろしというのは、想像以上に厳しいです。毎巻の売れ行き次第で次が出せるかどうかという緊張感も半端ないですし。どうしても完成するまでに時間

がかかるため、読者さんの反応がわからないまま長い時間をかけて描いているのですが、それがこんなにつらいことだとは、当初は予想もしませんでした。連載うれしいです、楽しみです、という読者さんの一言があるかないかで、こんなにも漫画を描くうえでメンタルに違いがあるとは、という感じです。なんの反応もないまま長い話を描いていると、これはすごくつまらないものなんじゃないか、誰にも必要とされないのではないか、と思ってしまうんです。掲載誌が休刊したあとも、描き下ろしで続きを描く機会をいただいていることは、とてもうれしいですし、ありがたいことだと思うのですが、雑誌連載時は感想や反響がわかっていただけに、余計に無反応がきついというか……。『BORDER 境界線』は、コミックス二巻から五巻までの限定版にドラマCDをつけていただいたんですが、そのおかげで声優さんたちからいただいた感想がずいぶん励みになりました。もちろん仕事だから上乗せして言ってくれている部分もあるのだと思いますが、それでも、面白いとか絶対続きに出たいとか、そんなふうに言ってくださって、続きを描いていいんだな、と思うことができました。ご出演いただいたこともそうですが、感想を聞かせてくださったことも本当にありがたかったです。

――『BORDER 境界線』という作品は、今のところ過去編にしか濡れ場がないんですよね。

こだか　これ、ＢＬ……か？って自分でも思っています。メインキャラにひとりしかゲイがいないというのが影響しているんでしょうね。あと、こいつら絶対にデキてる！と思うのにやっていないふたり組が好きという、自分の癖が思い切り出ていますね。でも、ＢＬですよ（笑）。

――ただ、こだか作品は、実はふんだんにセックスシーンがある作品のほうがめずらしいと思います。

こだか　そうなんですよ。でも私の作品は、どうやらエロのイメージが強いみたいで、なぜなのでしょうかね。

――エロシーンの濃度ではないでしょうか。高め安定、みたいな。

こだか　濃度！（笑）　確かに、新宿二丁目のゲイの方たちにエロいと褒められたことがありました。

――そういえば、『腐った教師の方程式』では、終盤までメインカップルの濡れ場が一度もありませんでした。

こだか　あの作品は、メインカップルの受け攻めもはっきりと描いていなかったので、それが判明したときに、ドラマCDで受けの雅美役を演じていただいた井上和彦さんがものすごく衝撃を受けていました。「受け役やったことないんだけど！」って収録のときに叫んでいましたね（笑）。あそこまでエロシーンがないものは、もしかしたら、今だったら描かせてもらうのが難しいタイプの作品かもしれませんね。

――この先描いてみたいBLは、どんなものですか？

こだか　なんだろう……。読者さんのニーズが多様化していて、描き手もたくさんいるので、学園ものならなんでもとか、リーマンものならなんでも、というような支持のされ方はもうなかなかないと思うんですね。学園ものならこの人とか、好みのジャンルで好きな描き手を選べる状況じゃないですか。なので、具体的にこういうものが描きたいというよりは、こういう状況のなかで、自分が求められている要素を活かしつつ、自分ならではのものを描いていくしかないなあ、と思っています。今さらフレッシュな感性でピチピチの少年たちの話を描くのはつらいし、私にそれは求められていないと思いますし（笑）。なので、自分に年齢の近い中年のおじさんたちの話が増えていくような気がしますね。おじさんばかり描きたいというわけではないのですが、おじさんを活かせるものにどうしてもなっていくのではないでしょうか。自分が描きたいものを推していくというより、描ける場所で描けるものを描いていきたいという感じです。

――かつてのＢＬバブルのような勢いは、再来すると思いますか？

こだか　あそこまでのものは、もうないと思います。描き手も読者も好みが細分化されていますし、まとまったパワーにはなりにくいのではないでしょうか。それに、電子配信される雑誌やアンソロジーも増えて、ＢＬ作家の数自体は増えていると思うのですが、コンスタントに活動している人たちの活動量としては、全体的には減っているんじゃないかとも思います。あくまでも印象なんですが。一、二冊コミックスを出して、それ以降ぱたりと活動が止まってしまう人も多い気がしますし、商業誌以外でも、同人誌やＰｉｘｉｖなんかでは二次創作が依然として人気が高くて、オリジナルＢＬには二次創作みたいな勢いはないように思います。

――現在、商業ＢＬ作品を読まれていますか？

こだか　もともとそんなに数を読んでいるわけではないのですが、さらに前ほどは読まなくなりました。同人誌は読んでいるんですけどね（笑）。ＢＬ誌は、献本でいただいたものを時間のあるときに読むくらいです。紙の雑誌に限っていえば、数が減りはしても増えはしないから、掲載枠の争いは厳しくなる一方ですし、少ない枠で魅力的なものを確実に載せていかなきゃいけないから、編集側も大変だと思います。いち読者として考えるなら、雑誌って、やっぱり幕の内弁当であってほしいんですよ。エロがあったりなかったり、明るかったり暗かったり、あれもこれも楽しめるものがいい。雑誌ごとにその幕の内弁当に違いがあるとなおいいと思うのですが、その幕の内弁当を作るのがたぶんそもそも難しくて、大変なんでしょうね。もっと好みを絞って、ヒレカツ弁当や焼き魚弁当にしたほうが、獲得できる読者さんの算段がつけやすいのかもしれません。

——ここ何年か、[15]『美術手帖』でBL特集が組まれたり、[16]BL初心者向けのガイド本が刊行されたり、[17]評論本が出たりと、BLを取り巻く状況は活性化しているようにも思います。

こだか　ジャンルのなかにいると、出版不況のあおりもあるし、厳しい印象があるので、BLの何に今注目されているのか、不思議ではあります。クオリティが高い作品にBLジャンル以外からも注目が集まっている余波なのか、または、雑誌やテレビで取り上げられやすくなったくらいには、歴史ができたということなのかもしれませんね。

——BL界の今後に望むものはありますか？

こだか　何かひとつの色に固まっていくんじゃなくて、バラエティ豊かで雑多なものであってほしいと思います。いろいろな描き手がいて、いろいろなものが読める、それが許容されている世界であってほしい。そして、その端っこのほうにハイエナを一匹いさせてくれたらいいな、と思います(笑)。

——ご自身としては、ＢＬ作家デビュー三十周年も見えてきています。

こだか　そこまで描きつづけていられたら、幸せです。その頃には、ヒヨコから立派な鶏冠のついたニワトリになれているかな。なれていたらいいですね。

——後進の作家にしてみたら、二十年、三十年と描きつづけている先達がいることは、とても励みになるのではないかと思います。

こだか　そうだといいのですが。作家の気持ちだけでは描きつづけられない世界ではありますが、ロートルがいるということが何かの励みになればと思います。そして、若い作家さんたちには、邪険にしないでもらえるとうれしいです(笑)。

——これまで貴重な経験をいろいろされていらっしゃいますが、そういったＢＬ作家として培ってきたものを積極的に後輩作家に伝えていくお気持ちはありませんか？

こだか　僭越なのですが、何か自分が伝えられることがあるとしたら、漫画家の後輩ではなく、編集の方たちに向けて発信してみたいという思いが今は強いです。ＢＬ界の今後を考えたときに、描き手を育てることももちろん大事なのですが、編集さんの力がどうしても必要だと思うんです。微力にしかすぎないとは思いますが、私がＢＬというジャンルのなかで経験して得たことを何かの機会に伝えることができたらいいな、と思います。それと、若いＢＬ作家や読者がいるように、評論などでＢＬが取り上げられることがもっと増えて、若い評論家やライターの方が増えるといいのかな、とも思います。

――ＢＬがあって当たり前になった世代が、その世代ならではの感覚でＢＬについてもっと語ってくれるといいと思います。こちらはもう風の谷のババ様みたいなものなので、昔の話はいくらでもしますから、と。

こだか　それ、いいですね(笑)。私もＢＬという風の谷のババ様になって、請われればＢＬの昔話をどんどんしていきたいです。それと同時に、これからも長く、自分の好きなＢＬを描いていきたいですね。

こだか和麻とBL

少年漫画誌でデビューしたという、BL作家としては異色のキャリアを持つ、こだか和麻。九二年にBL専門のコミックスレーベル・BE×BOY COMICSが創刊された際に第一弾作品として『KIZUNA —絆—』が上梓されると、瞬く間に人気を得て、九〇年代のBLシーンを牽引する代表的作家に。ドラマCDやOVAなどBL作品のメディアミックス化においてもパイオニア的存在。現在もなお第一線で活躍中。

註

1 日本最大の同人誌即売会、コミックマーケットの略称。七五年から始まり、現在、夏と冬の年二回開催されており、それぞれ通称は〈夏コミ〉〈冬コミ〉。様々なジャンルの同人誌が頒布されており、男性同性愛をえがいた創作同人誌を刊行するサークルも数多く参加している。

2 雑誌『JUNE』に由来し、『JUNE』同様に、男性同士の恋愛を題材にする、オリジナルの同人誌ジャンルを指す。創作JUNEとも呼ばれる。BL・ボーイズラブという呼称がなかった頃は、同人誌に限らず、男性同士の恋愛を扱った作品やそういった作品傾向をJUNEもの、JUNE系などと呼んでいた。耽美色が強い作品が多かったことから、〈耽美〉と呼ばれることも。

3 八八年から放送されたテレビアニメ。女性アニメファンからの支持が熱く、同人誌人気も高かった。八〇年代末から九〇年にかけて急速に同作の同人誌を刊行するサークルが増え、女性向け同人誌史上に名を残すジャンルに。

4
同人誌即売会では、サークル参加をしている同人作家に頼んで、持参したスケッチブックにイラストを描いてもらえることがある。あくまでも作家側の厚意で引き受けてもらうものなので、無理強いはご法度。

5
アニメ情報誌『OUT』で知られる、みのり書房が八〇年に創刊。キャッチコピーは〝少女のための耽美派マガジン〟。コラムなどの記事のほかは主に小説や漫画作品が掲載されていた『JUNE』に対し、『ALLAN』（特に中期以降）は、特集記事のほかは、実在の俳優やミュージシャン、スポーツ選手などをモデルに妄想を繰り広げる、熱意あふれる読者投稿が中心だった。

6
非BL作品の漫画や小説に比べ、BL作品は、作品を音声ドラマ化したドラマCDや、アニメビデオ化したOVAといった、メディアミックス作品が多く発売されていた。その後、BL作品のドラマCD化の勢いは増し、これまでに多くの作品がリリースされているが、ここ数年はその勢いに陰りが見えている。一方、九〇年代当時はOVAが担っていたBL作品の映像化は、その後テレビアニメ化、実写映画化される作品が増え、OVAのようなテレビや劇場での公開を前提としないものは減っている。

7
『MAGAZINE BE×BOY』の初期人気を支えた作品。ニューヨークを舞台に、バディを組むことになった警察官のリョウとディーをえがく。作者の真東砂波は、少女漫画『ペンギンの王様』（秋田書店）で注目を集めていた。

8
九五年十月にパルテノン多摩（東京都）で開催された、ドラマCD『KIZUNA ―絆―』と『FAKE』の合同イベント〈FAKE na KIZUNA〉。このイベントの模様を録音したCDが九五年十二月に発売されている。出演は、『KIZUNA —絆—』キャストとして、藤原啓治、置鮎龍太郎、堀川亮（りょう）。『FAKE』キャストとして、関智一、飛田展男、西川嘉人、松本梨香。公開録音のため観客の歓声も収録されており、臨場感あふれる一枚に。

9 一一年に休刊した、月刊漫画情報誌（雑草社）。男性同士の恋愛を題材とした作品を〈ボーイズラブ〉と総称し、それらの特集を幾度となく実施したことから、〈ボーイズラブ〉という言葉の拡散や浸透、BL人気の一端を担ったのではないかと思われる。

10 『KIZUNA —絆—』のメインカップル、円城寺圭と鮫島蘭丸は剣道におけるライバル同士。実は蘭丸は、こだか和麻の少年誌デビュー作『せっさ拓磨！』にヒロインの兄として登場していた。

11 〇一年からアメリカで開催されている、男性同士の恋愛を題材として扱っている創作物に特化したコンベンション。一一年からアメリカの出版社であるDigital Manga Publishingが運営を行っている。これまでに多くのBL作家がゲストとして招かれている。

12 コミックスの巻数が二桁を越えている作品としてはほかに、新田祐克『春を抱いていた』（リブレ出版／SUPER BE×BOY COMICS全十四巻）、志水ゆき『LOVE MODE』（ビブロス／BE×BOY COMICS全十一巻）、『是—ZE—』（新書館／ディアプラス・コミックス全十一巻）、中村春菊『純情ロマンチカ』（KADOKAWA／あすかコミックスCL-DX一～二十巻 ＊続刊）、

13 『世界一初恋〜小野寺律の場合〜』（KADOKAWA／あすかコミックスCL－DX一〜十巻　＊続刊）など。

14 アニメソング歌手として、『戦闘メカザブングル』『聖戦士ダンバイン』など数々の人気アニメの主題歌や挿入歌を担当。〇一年に改名し、現在はMIQとして活動中。

15 BL漫画誌『コミックHUG』（メディエイション）に連載されていたが、雑誌休刊に伴い、完全描き下ろしコミックスとして続刊。警察が動けない難事件を代わって解決に導くプロの仕置き人集団の活躍を描く。

16 美術出版社『美術手帖』一四年十二月号。同誌初のBL特集だった。

17 玄光社『はじめての人のためのBLガイド』（一五年八月刊行）など。

18 溝口彰子『BL進化論　ボーイズラブが社会を動かす』（太田出版／一五年六月刊行）など。

小説家

松《まつ》岡《おか》なつき

Profile

東京都出身。学生の頃から、二次創作ジャンルで同人誌活動を開始。八〇年代末、アニメ『鎧伝サムライトルーパー』のパロディ同人誌を発行するために、のちに漫画家としてデビューする鳥羽笙子氏とサークル〈光輪騎兵団〉を結成。驚異的なペースで同人誌を刊行し、瞬く間に大人気サークルとなる。当時から文章力の高さには定評があり、固定ファンも多く存在していた。九一年に刊行された、早川書房のSF小説誌『小説ハヤカワHi！No.12』（SFマガジン一九九二年一月臨時増刊号）に富樫唯香名義で掲載された「セイレンの末裔 前篇」でデビュー。同作が九二年にハヤカワ文庫Hi！ブックスから刊行された際の筆名は、富樫ゆいかで、漫画原作者としても同じ筆名で活躍していた。同じく九二年に白夜書房から刊行された『深紅の誓い』で、BL小説家としての活動を松岡なつき名義でスタート。作品は、海外を舞台にしたものや、時代もの、特殊な職に就いているキャラクターが登場するものなどが多いのが特徴で、現代の学園や会社を舞台としたBL小説が主流のなか、独自の作風が際立っていた。〇一年からは、徳間書店キャラ文庫で『FLESH&BLOOD』の刊行が開始。現代の男子高校生が大航海時代のイン

楽しみたいからそれ以外はとやかく言わないという、ＢＬのフリーダムさがとても好きです

グランドにタイムスリップし、自分を助けてくれた海賊船の船長と心を通じ合わせていくという壮大なヒストリカル・ファンタジーで、現在もシリーズは続刊（本編二十四巻、外伝三巻／一六年六月現在）。ＢＬ小説史に残る人気長編シリーズになっている。

男の人ふたりの佇まいが好きだった

――ＢＬ小説誌や小説レーベルが創刊された当初、活躍された小説家は、[1]『ＪＵＮＥ』出身の方々も多かったのですが、ご自身はそれとは違う経緯でデビューされましたよね？

松岡　そうです。九〇年代当初、ＢＬ小説家のデビューの形は、もとからオリジナル主流で投稿や同人誌活動をされていたパターンと、二次創作ジャンルで同人誌活動をしていたパターンという、潮流がふたつあったように思いますが、私は後者で、主にアニパロジャンルで同人誌活動をやっていました。

――ＢＬは漫画もそうですが、小説に関しても資料が意外と少なく、ＢＬ小説誌を創刊号だけでもすべて取っておけばよかったと後悔しきりです。

松岡　ＢＬの小説誌は特に、創刊されては休刊し、を繰り返しているところがあって、[2]現存する雑誌も少ないし、歴史をたどろうと思っても、ＢＬの漫画誌よりも遡るのが難しいかもしれないですね。私もいろいろなことがおぼろげです(笑)。

――[3]富樫唯香名義でのＳＦ小説誌デビューが一九九一年、松岡なつき名義でＢＬの単行本が刊行されたのが一九九二年ということで、デビューから四半世紀近くの時間が経ちました。

松岡　あっという間でした。ここまで書かせていただいていることには感謝しかありませんね。

――BL漫画誌の創刊ラッシュの際に小説誌も多く創刊されましたが、当時活躍されていた作家の方々が今でも執筆を続けていらっしゃいます。BL小説では、BL漫画ほど新鋭の台頭のようなものが顕著ではないような印象があるのですが……。

松岡　語弊があるかもしれませんが、ある程度キャリアが長い方々は、デビュー以来、編集者さんからの耳に痛い指摘だとか、厳しい批評だとかを乗り越えてきた方が多いので、書くということにより自覚的な人が多いのかもしれませんね。ギラギラしているところがあるというか(笑)。外野の声がつらいという方は自然と商業誌からは身を引かれたり、若い書き手さんのなかにはＷｅｂなどほかに書く場があったりして、つらい思いや苦労をしてまで商業誌で書くことに魅力を見出していないのかもしれません。言われてみると、確かに活躍している方の多くは、キャリアが長いですね。それは、それだけ個々の作家さんに読者さんが付いているということでもあると思います。

――ご自身も長く活躍を続けていらっしゃる作家のおひとりですが、作家デビューするきっかけになった同人誌活動は、二次創作ジャンルからはじめられたのですか？

松岡　最初は[4]三次萌えです。いわゆる〝なまもの〟といわれるものですね。某アイドルにハマったのがきっかけでした。少し話がずれますが、当時、私は『ＡＬＬＡＮ』の愛読者だったんです。『ＪＵＮＥ』も読んでいたのですが、『ＡＬＬＡＮ』のほうが三次萌えの色が強くて、映画やドラマ、スポーツ、音楽などいろいろ特集が取り上げられ、サブカル誌っぽかったんですよ。あの頃は、『ＪＵＮＥ』や『ＡＬＬＡＮ』のような雑誌はほかにはなくて、今でいう萌え的なことに興味がある人は、みんなどちらかの雑誌を読んでいたんじゃないでしょうか。私も基本は『ＡＬＬＡＮ』派でしたが、『ＪＵＮＥ』の作品、例えば『間の楔』などを夢中になって読んでいました。『ＡＬＬＡＮ』は投稿コーナーが盛り上がっていて、そこで自分の言いたいことを誰かが代弁してくれていたり、知りたいことが載っていたりして、貴重な情報収集の場所でした。ただ、そこから創作に結びつくようなことは、私の場合はありませんでした。

　ところが、高校に入学したあたりで、初めて、とあるアイドルを好きになりました。コンサートに行きたい！なんて思っているうちに、『ぴあ』という情報誌の欄外コーナーで、そのアイドルの同人誌を作ったという投稿を見つけたんです。「返信用封筒を送ってくれれば[5]ペーパーを差し上げます」とあったので、すぐに送りました。それをきっかけに、その投稿した方と一緒にテレビ番組の公開録画を観にいったりするようになったんです。その間に原稿を書いてみないかと誘われて、短い話だったら書けるかも、とそれまで一度も小説を書いたことなどないのに参加させてもらうことになって。完成したものはペーパーに載せてもらいました。そのときに書いたのが『やおいもの』、最初からいわゆる男性同士の恋愛関係を描いた作品だったんですよ(笑)。すると、それがめぐりめぐって同じアイドルのファンだった漫画家のカトリーヌあやこさんの目に触れて、今度はカトリーヌさんの同人誌に書かせてもらうことになりました。同人誌に自分の作品が載ったのは、そのときが初めてです。

――もともと男性同士の関係に対する萌えが自分のなかにあったのでしょうか。

松岡　ありました。それを自覚したのはわりと早くて、小学生のときでした。時代劇の『新・必殺仕置人』で、山崎努さん演じる念仏の鉄と火野正平さん演じる正八の関係がとてもかわいらしくて好きだな、と思っていたんです。このふたり、いいなあって。そのあと、海外ドラマに興味が移りまして、『白バイ野郎ジョン&パンチ』などのバディものを楽しく見ていました。アニメを見ても、男女の組み合わせにはあまり心が動かなくて、その頃はそういう気持ちをなんと表すのかまったく知りませんでしたが、どうやら自分は男の人ふたり組が好きなんだな、という自覚はありました。そういうふたりの佇まいが好きだったんですよね。さすがに当時は、このふたりは恋愛関係でどうの、とそこまでは考えたりしませんでしたが(笑)。あと、すごく覚えているのは、『刑事スタスキー&ハッチ』のオープニングで、ドアが爆発して飛ばされたスタスキーをハッチが抱き留めるシーンがあるのですが、それを見たときにものすごくドキドキしたことです。なぜかと聞かれてもわからない。そういうものに心が動かされるのは、生まれながらのものが理由としかいいようがないというか、業だと思うんですよね(笑)。

同人誌の世界はなんて自由なんだろう、と思った

――そもそも同人誌の存在を知ったのはいつ頃ですか?

松岡　やはり高校生のときで、友だちがコミックマーケットに連れていってくれたんです(笑)。それまではコミケの存在も知りませんでした。その友だちは『闘将ダイモス』というロボットアニメが好きだったのですが、『機動戦士ガンダム』のジャンルで活動さ

れていた[6]汐見茂思さんのファンでもあって、ずっと買っていた汐見さんの同人誌を、こういうものもあるんだよ、と私に見せてくれたんです。そのときに、やおい……そういうラブシーンの存在を知りました。そこで刷り込まれたようなものですね。『ぴあ』で知り合った方に原稿を書いてみないかと誘われた時点では、もう同人誌のことを知っていたこともあって、自分のなかに回路ができあがっていたようです。だから、わりとすんなり書けたと思うんですよね(笑)。

――同人誌を自分で作りはじめたのもその頃ですか?

松岡　もう少しあとでした。当時はアイドル熱も治まってきていて、友だちとイベントに出かけて同人誌を買ったりはしていましたが、自分で書きたいという気持ちは特にありませんでした。ところが、あるイベントでとてもカッコよくて素敵な同人誌を買いまして、それが須賀邦彦さんの『キャプテン翼』本でした。パッと見たとき、それが『キャプテン翼』の同人誌だとは思わなくて、それがわかったときはものすごく驚きました。同時に、同人誌の世界ってなんて自由なんだろう、という解放感のようなものも感じて、大いにハマりました。

それから、それまでよりもマメにイベントに行くようになったんです。時期的にはジャンルの最盛期というわけではなかったのですが、まだまだたくさん同人誌は出ていて、いろいろ読んでいるうちに自分でも『キャプテン翼』の同人誌を作りたいと思うようになりました。でも、同人誌を作ったことがなかったのでどうしたらいいのかわからなくて、とりあえずカトリーヌあやこさんに、好きなものができて同人誌を作りたいんだけど、と相談したんです。何にハマったのか聞かれたので『キャプテン翼』だと言ったら、ちょうどそのときカトリーヌさんもハマっていて、虎猫特攻隊というサークルで友だちと一緒に活動されていたので、同人誌を作ったらスペースに私の本も置いていいよと言ってくれたこともあり、それに背中を押されるように初めて自分で同人誌を作りました。

どのジャンルでも、私はいつも流行りに遅れた形でその作品を知ることが多いのですが、私が同人誌を作りはじめたときの『キャプテン翼』ジャンルも、盛り上がりに盛り上がった頃からは過ぎていて、カップリングの受け攻めの違いによる対立もあらかた治まって平和な頃でした。そこから参入したこともあって、虎猫さんたちも私も、どちらのカップリング勢にも友だちがいました。虎猫さんたちがゲストを集めて本を作ることになったときに、カップリングを問わずに同人作家さんに声をかけたことが、当時では結構なエポック・メーキングだったらしいのですが、それは虎猫さんがガッツリキャラ同士のラブシーンを描くというサークルではなかったので、できたことだったのかもしれないですね。私もその本に参加させてもらったことをきっかけに、いろいろなサークルさんと知り合うことができました。同人誌活動をはじめた時期がよかったのだと思いますが、はじめから楽しいことばかりで、だからこそその後も同人誌を続けられたんじゃないかと思います。

――『キャプテン翼』を筆頭に、女性向けの二次創作ジャンルが盛り上がっていた八〇年代終わりから九〇年代頭、イベントに参加しているサークルの人たちは、みなさんおしゃれをして楽しそうな方が多かった印象があります。お姉さんたち素敵だなーと思いながら、同人誌を買っていました（笑）。

松岡　わかります。まだ印刷代が高くて、大学生以上の方じゃないとなかなかオフセットの同人誌が出せない頃だったこともあって、私も高校生の頃、サークルの方たちが素敵な大人に見えました。[7]サークルさん主催でお茶会があったり、ダンパがあったり、今思うとＳＮＳがない時代だったので、あれこれ何か言われることを気にしなくてよかったというのも大きかったかもしれないですね。みんなやりたいことを好き勝手やっていたというか（笑）。もちろん、ジャンルやカップリング、サークル同士のいざこざなどもなかったわけではありませんが、私が知り合いの同人作家さんたちよりも年下だったこともあってか、いろいろ優しくしていただいて、本当に楽しい思いばかりしていました。その最初の印象があまりに強すぎて、同人誌をやめられなくなってしまったんですけど(笑)。

――『キャプテン翼』の次に活動されたジャンルが『鎧伝サムライトルーパー』でしょうか。

松岡　そうですね。『キャプテン翼』ジャンルもずいぶん落ち着いて、二次創作的には『聖闘士星矢』や『天空戦記シュラト』といった[8]次の波が来ていたのですが、そのジャンルはほぼ読む専門で、たまに頼まれて原稿を書くことはありましたが、自分で本を作ろうと思うところにまでは至っていませんでした。『キャプテン翼』ジャンルから抜けていくのが許されないような、当時独特の空気もあったんですけれど(笑)、会社勤めをしながらしばらくは『キャプテン翼』の同人誌を作っていたんです。そのうちに、なんかすごい盛り上がりを見せているジャンルがあるらしいよ、と友だちから聞いて知ったのが『鎧伝サムライトルーパー』でした。でもそのときは、「鎧を着て戦うんだって」とか「反物《たんもの》が飛び交うんだって」と耳にしたくらいで、アニメを見たわけではないんです。

それで、これもジャンルの最高潮な盛り上がりを過ぎた頃に、とある食事会のあとに終電を逃して帰れなくなった人たちで、参加者のひとりだった尾崎芳美さんのお宅にお邪魔したことがありまして、そのときに見せたいものがあるといって見せてもらったのがＯＶＡの『鎧伝サムライトルーパー外伝』でした。村瀬修功さんが作画監督をされていたのですが、もうキャラクターたちが超絶きれいで、びっくりしてしまって。それで一気にハマりました。そのときに一緒にビデオを見ていて、やっぱりハマっていたのがその後一緒にサークルをやることになった[9]鳥羽笙子です。それまで鳥羽とは、お互い家も離れていてたまに会うくらいの知り合いだったのですが、その一夜をともにしたことで変わりました(笑)。そのときは何を話すでなく解散して、それぞれ家に帰ったのですが、私の頭から『トルーパー』が離れなくて、とにかくアウトプットしようと思って、二次小説を書きはじめてしまいました。そうしたら鳥羽から電話があって、彼女も漫画を描かずにはいられなくてもう描いているというので、だったら一緒に本を作ろうという話になったんです。後日、彼女の家に行き、三日で同人誌を作り、その間にその後三冊同人誌を出す予定まで組み上がり、イベントに申込み……と、その後は怒涛の勢いでした。そのときにふたりで作ったサークルが光輪騎兵団というのですが、初めて参加したイベントで出した同人誌を、ジャンルの大手サークルだった徳川蘭子さんが買ってくださっただけでなく、感想のお手紙まで送ってくださったんです。しかもどこかでうちのサークル名を挙げて褒めていただいたようで、その後のイベントでは、〝蘭子さんが読んでいるサークル〟ということで人がたくさん来てくれるようになりました。サークルの認知度もずいぶん上がって、とてもありがたかったです。

――光輪騎兵団の結成にそんな秘話があったとは。

松岡　蘭子さんには「よくこんなジャンルが終わりかけの時期に来たね」と言われました。ジャンルとしての『トルーパー』の人気はもう結構落ち着いていて、新刊の同人誌を出すサークルさんも減りつつあった頃だったのですが、そんなことはお構いなしに、燃え盛っている状態で私たちがジャンルに入っていきまして、もしかしなくても相当浮いていたような気がしますね(笑)。蘭子さんには刺激を受けたと言っていただいたこともあって、それがすごくうれしかったです。

とにかく私たちの盛り上がりは最高潮だったもので、三日あれば製本までいけるという印刷所を尾崎さんに紹介してもらって、体力の限りを尽くして、毎週イベントに参加しては新刊を出していました。そんなペースで活動していたので、私と鳥羽が離れて暮らしているのではどうにも勝手が悪いということで、仕事場を一緒にするようにもなって。そのうち倍々ゲームのようにイベントごとに買ってくださる方が増えていったんです。今もこれは変わらないと思うのですが、イベントでスペースに来てくださる方が喜ぶのって、何よりもそのサークルの新刊があることなんですよね。その点では、うちは私が新刊を出すと鳥羽も出しているし、時にはそこに合同誌も加わったりして、新刊がないことがありませんでした。それもあって、大勢の方が来てくださるようになったんだと思います。イベントに出るようになってわりとすぐに人手が足りなくなったので、スタッフを募集したのですが、今でもその皆さんにお世話になっています。もう友人として長い付き合いになりました。

——そういえば、同人誌即売会で今ではおなじみの〈新刊セット売り〉[10]というのをやりはじめたのは、光輪騎兵団さんだと聞いたことがあるのですが。

松岡　コミケのスタッフの方にも言われたので、そうだと思います。普段のイベントでも複数の新刊を出していましたが、コミケになると余計に気合が入ってしまって、ある年の夏コミで五冊新刊が出ることになったんです。その頃にはもうずいぶんたくさんの人に来ていただけるようになっていたので、どうすれば早く列をさばくことができるかを、私と私の妹とチーフスタッフを務めてくれていた人とで話し合いをしまして、そこでセット売りのアイデアが出ました。もともとうちのサークルに来てくださるのは、新刊すべてをまとめて買ってくださる方が多かったですし、まとめ買いのお礼のような感じで、鳥羽が絵を描いた紙袋をつければ喜んでいただけるかな、と（笑）。これで早く列をさばけるに違いないと思っていたのですが、第一弾は失敗に終わりました。想定外に、セット組みをした紙袋がかさばって、場所を取ってしまったんです。開場までの時間を使って新刊セットを作っていたのですが、できあがったものが場所を取りすぎて、あまり数が用意できませんでした。列をさばくという意味では確かに効率が上がるには上がったのですが、開場してからセットを組みつつ列をさばくのに時間と手間がかかってしまって、結果としては若干程度の成果しかありませんでした。それで、次はビニール製の袋にしてみました。これで多少組み上がったセットが場所を取るような事態を避けられるかと思ったら、これも問題ありで（苦笑）。自分もオタクですから、袋といえども美品がほしい気持ちは充分わかっていたつもりだったのですが、お渡しする際にビニールの取っ手部分がよれてしまうのが嫌だという方が続出しまして。イベント序盤から袋の脇を持ってお渡しするようにしたのですが、ビニールって滑るんですよ。そこでも多少手間取ることになって、紙袋のときよりは若干効率が上がった程度で、大きな成果とはいきませんでした。紆余曲折しながら、次第に上手くできるようになっていった感じです。今でもイベントで新刊セットというやり方がサークルさんの間で続いているのは、なんだかちょっと感慨深いですね(笑)。

自分の小説を書いていきたいと思った

――当時、二次創作ではなくオリジナル作品を書いてみようとは思っていませんでしたか?

松岡　自分の萌えに忙しすぎてそれどころじゃなかったですね。その頃は、何をしていてもすべてを『トルーパー』ネタに結びつけてしまうような状況でした。鳥羽とステーキを食べていて牛肉の生産地の話になったら、「牧草地にいる当麻たちってかわいくない?」とか(笑)。もうとにかく熱に浮かされていた状態で。その熱が落ち着いてずいぶん経った頃に、ようやくオリジナル作品を書いてみようかな、と思い立ちました。というのも、そのときに商業誌デビューのお話をいただいていまして、それまでオリジナル小説というものを書いたことがなかったので、まず書いてみなくてはという気持ちがあったんです。

それで、オリジナル同人誌を出そうかな、と。

——もともといずれはプロ作家として活動していきたいと考えていらしたのでしょうか。

松岡　はい。でも自信があったとかそういうことではなくて、カトリーヌさんと知り合った頃に「上手いからプロになれるんじゃない？」と言われたことがありまして、その言葉を鵜呑みにしていました(笑)。カトリーヌさんは当時大学生だったのですが、すでにデビューしてプロとしてお仕事をしていらしたので、そんな人が言ってくれるんだから可能性があるかも、と素直に思ってしまったんです。それもあって、機会があるとプロになりたいとは口にしていました。そうしたら、その言葉を覚えていてくださった漫画家の竹田やよいさんが早川書房の編集者さんを紹介してくださったんです。それで、『小説ハヤカワＨｉ！』という雑誌に「セイレンの末裔」という作品を書かせていただけることになりまして、それが別名義でのデビュー作になりました。

それとほぼ同時期に鳥羽も漫画家デビューしたのですが、鳥羽は原作付きのほうが得意だったこともあって、私がその原作を担当することになりました。なので、漫画原作者デビューもすることになって。練習を兼ねて出すつもりだった同人誌は出さないままだったのですが、私はＢＬも書きたかったので、それを同人誌で出すことにしました。それが初めてのオリジナル同人誌です。

――作家デビューもして、漫画原作者デビューもして、というのは、さぞお忙しかったのではないかと思いますが。

松岡　漫画原作者としての仕事がとにかく大変でした。原作ということは、作画の鳥羽が作業に入る時点で仕事が終わっていないといけないわけで、しかも鳥羽は作業が早く、描きあげた作品も読者さんから支持をいただいていたこともあって、デビュー直後から出版社さんがどんどん仕事を振ってくださるようになったんです。鳥羽はひと月に八十枚くらい、多いときには百枚超える原稿を描いていたこともあるほどでした。依頼の本数が増えるということは、つまり私の仕事も増えるということで、時間がとにかくなくなってしまって。ちょうどその頃、二次創作熱が落ち着いてきていたこともあって、光輪騎兵団としての活動をお休みすることにして、私のオリジナル同人誌も出せるようにＬＡＰＩＳ・ＨＯＭＭＥというサークルを新たに作りました。

――別名義で商業誌デビューされた九一年は、まだＢＬ小説誌がない頃ですよね。

松岡　そうですね。投稿先は『ＪＵＮＥ』くらいだったのではないでしょうか。私が山ほど同人誌を作っていたのが八九年から九〇年くらいで、早川書房さんでデビューしたのが九一年、ＢＬ漫画誌やＢＬ小説誌が出はじめるのがそのあとくらいでした。実は、商業誌デビューからそう間を置かずに、ＢＬ作品を書籍として書かせていただくことが決まっていたのですが、お声をかけてくれた出版社さんが倒産してしまったんです。そのときに書きあげていた原稿は、山藍紫姫子先生の本をすでに何冊か出されていた白夜書房さんから九二年に出していただくことになりました。『深紅の誓い』がそれです。

――『ＪＵＮＥ』で活躍されていた作家さんの作品を中心に[11]角川ルビー文庫が創刊されたのも九二年です。そのあたりからＢＬ小説が多く刊行されるようになっていきました。

松岡　ルビー文庫の存在は、ＢＬ小説にとってはとても影響があったと思います。書き手の多くは、『ＪＵＮＥ』でおなじみの方々でしたし、版元が角川書店さんということもあって、販路がしっかりしていたことも大きかったんじゃないでしょうか。

――現在に続くＢＬ小説のシーンが大きく動きはじめたのもその時期のような気がします。

松岡　当時、女子向けの二次創作の同人誌人気というのは本当に高くて、出版社が刊行するアンソロジー本も人気を博していました。二次創作の同人誌を見て、これだけ絵が上手いならオリジナルもやれるのではないかと考えた出版社の方がいたのかもしれませんね。

あくまでも推測なのですが。それでまずBLの漫画誌が創刊されて、そのあとにBL小説誌が創刊されたんじゃないでしょうか。

個人的な感覚としては、漠然とした気持ちではなく、プロになりたいと自覚的に思っていた同人作家さんは、『キャプテン翼』のジャンルが盛んだった頃がもっとも多かったように思います。当時は、BLというジャンルがいずれ生まれて、同人誌活動をきっかけに出版社から声がかかることもあるなんて、おそらくみんな予想もしていなくて、小説なり漫画なり創作することで生きていきたいと考える人は、どこかの雑誌に持ち込みか投稿をしなければなりませんでした。私の周りにもプロを目指していた方がいましたけれど、みなさん真面目でしたよ。創作することを仕事にするんだという覚悟というか気構えがあったように思います。プロでやっていくというのは、厳しくてつらいことがあるというのは容易に想像できることですし、同人誌活動をやっているほうがそれに比べたら苦労もなくよほど楽しいわけですからね。BL誌が創刊されはじめてから、誘われるようにプロ作家として活動をはじめられた方も、現在残られている方はみなさん何かしらの苦労を乗り越えていらっしゃると思います。

――ご自身も小説家としてプロになられただけではなく、漫画原作者としてもお仕事をはじめられていたわけですが、これまでのお話をお聞きしていると、漫画原作のお仕事が忙しすぎて、小説を書く時間なんてまったくなかったのではないかと思ってしまいます。

松岡　ほぼなかったですね。とにかく鳥羽の仕事が忙しくて、それに伴って自分が書かなくてはいけない原作仕事も山積みで、自分の小説を書くどころではありませんでした。あまりに忙しすぎて、鳥羽は逃亡したことがあるんですよ(笑)。朝起きたら鳥羽が家にいなくて、どこに行ったんだろうかと呆然としていたら、昼くらいに北海道から「明日帰る」と電話があったことがありました。私も疲労困憊で、あまりの顔色の悪さに妹に病院に無理やり連れていかれたことがあったり。当時、漫画誌の増刊という形でホラー誌やミステリー誌がばんばん創刊されていて、そのたびに鳥羽にお声がかかっていたんです。依頼は読切が中心だったのですが、四十ページの読切でも百二十ページの読切でも、物語としては一本なわけで、それをどんどん考えていかなくちゃいけないのがとにかく大変でした。

そんな状態をしばらく続けていくうちに、自分のキャリアも考えなくてはいけないと思うようになったんです。このまま漫画原作者としてやっていくのか、それとも自分の小説を書いていくのか。そんなことを考えていたときに、依頼をいただいて書いたBL小説を担当さんが褒めてくださったことがあって、そこでまたいい気になりまして（笑）。やっぱり自分の小説をもっと書きたいと思いました。それで、漫画原作の仕事を少しセーブさせてもらえるよう鳥羽に話をしまして、仕事の比重を小説のほうに移していったんです。BL誌も創刊ラッシュを迎えていたこともあって、いろいろ声をかけてもらっていたので、自然と小説家としての仕事が増えていきました。

――原作を担当されていた作品は、BLではなかったですよね。

松岡　ホラーやミステリー色の強い普通の少女漫画でした。編集部からBLの色を濃くしないよう言われていましたし。だからといって自分のなかで書けないBLネタのストックが貯まっていったというわけではなくて、その頃からずっと今に至るまで、作品を書くことに関しては行き当たりばったりに近いんです(笑)。

BL小説誌が休刊していってしまうのは、とても寂しかった

――本格的にBL小説の仕事をはじめた頃、BLというジャンルがここまでマーケットを広げると思っていましたか？

松岡　正直思っていませんでした。最初から勢いがあるというのはわかっていましたし、仕事も途切れず増えていたものの、新興ジャンルの常としてこの勢いはそう長くは続かないだろう、と。とはいえ、急速に勢いが終息してジャンルが廃れてしまうとも思っていませんでしたね。各雑誌に豪華な作家さんがいらっしゃったし、BL好きな読者さんが存在することもわかっていましたので、ブームのようなものが収まったとしても、細々と続くだろう、と。

――BLを好きな読者はいなくならないと確信していた？

松岡　BLが誕生する以前に『JUNE』や『ALLAN』があったことを私は身をもって知っていますし、どんな世代にも私が好きなようなもの……BLのようなものを好む人は必ずいると思っています。それに、私は『STAR WARS』の[12]スラッシュファンなのですが、そういう人が海外にいることもわかっているわけです（笑）。絶対にそういう人は消えないと思っていましたし、今でも思っています。だから、たとえジャンルが縮小したとしても、なくなることはないだろうと……そうですね、確信していましたね（笑）。つまるところ、たとえ商業誌でそういう場がなくなったとしても、自分が書くという意味では、オリジナル同人誌を出せばいい話なんです。同人誌から商業の世界に入った人間の強みなのかもしれませんが、好きなことをやろうと思えばやれる場所があることを知っているので、ジャンルのあるなしに不安を抱くことはありませんから。

――書く場所が変わるだけ、と。

松岡　そうです。書きたいものを書かずにいられない人たちは、必ずどこかで書きます。その場所の規模が大きいか小さいか、商業誌なのか同人誌なのかはまた別の話で。もちろん、すごく繊細にジャンルの行く末だとか、いろいろなことを考えていらっしゃった方もいると思いますよ。私は基本的にはのんびり屋なので、まあなんとかなるだろう、と思っていました。仕事ですからつらいこともあるだろうけれど、書くことは好きだし、書きたい気持ちがなくならなければ、どこでも書けるし、というのが根底にあるんでしょうね。私にとって、同人誌活動がセーフティエリアになっているのかもしれません。何かあったらあそこに駆け込めばいいやって。何があってもあそこだったら書けるから大丈夫って（笑）。

――ＢＬのお仕事をはじめられた頃、読者としてＢＬ作品を読まれていたのでしょうか。

松岡　献本もたくさん送っていただいていたのですが、あまり読めていなかったです。時間の問題もあったのですが、ＢＬ誌が創刊されてからしばらく、学園ものが花盛りで、その当時はすごく年上趣味だったもので、なかなか好みにぴったり合うものが少なくて。デビュー以来、途切れることなく私がお仕事をいただけていた理由のひとつは、私が学園ものを書かなかったからだと思います。正確には「書けなかった」ですが。編集部さんによっては、依頼のときに必ず主人公は学生で、と要望されることもありましたが、お仕事を続けさせていただくうちに、自然と私には向かないとご理解いただけたようです。どうも私はほかの人が書かないようなものを書く、というニッチ産業のようで（笑）、王道の書き手さんが流行りを支えてくださっている隙間で、まったりとお仕事をさせてもらっていました。

とはいえ、自分でオリジナル同人誌を出すようになり、J．GARDEN[13]にも参加するようになってからは、以前よりはいろいろと読むようになりました。自分がどういう世界でお仕事をさせてもらっているのか、ちゃんと知っておかねば、と思ったからです。J．GARDENには、一口にBLといってもいろいろなカップリングの作品があって、あらためてBLって多彩でいいんだな、と思えました。自由さを感じられました。

——BLでお仕事を続けるなか、ジャンルの流れに変化を感じたことはありましたか？

松岡　学園ものブームの終焉は、変化のひとつだったと思います。おそらくあれは、書き手も読み手も大人になっていったということなんじゃないでしょうか。それで、次に来たブームがリーマンものだったのかもしれないな、と。私がまたリーマンものに興味がなくてですね（笑）。会社勤めもしていたので、周囲からは書けるだろうと言われていたのですが、忙しすぎて会社にはつらい思い出しかなかったし、現実を知っているからこそ夢が抱けなかったんですよ。せっかくお声掛けていただいても、あまり貢献できなかった雑誌もあって申し訳なかったですね。ただ、学園ものにしても、リーマンものにしても、ブームの裏側には、各誌をはじめ出版社さんの盛り上げ方が上手だったという理由もあるのではないかと思います。業界一丸となって、流れを作ろう、売れるものを作ろうとしていたところはあったのではないでしょうか。

それと、ブームのような勢いがジャンルに生まれたのは、ＢＬ誌が創刊されだして十年くらいの間の出来事だと思うのですが、ジャンルとして落ち着きを見せはじめた頃から、小説があまり読まれなくなったと言われるようになった印象があります。同時期くらいに、二次創作で小説同人誌を出している友人たちから、小説同人誌は手に取ってもらいづらくなったという話をよく聞いていたのですが、[14]『ＴＩＧＥＲ＆ＢＵＮＮＹ』のブームが来るまでは、二次の小説同人誌にとっては苦難の時代だったようなんです。小説は読むのが面倒だといわれていたようで、小説を書く者としては残念なのですが……。確かに、読者さんの年齢層が下がるほど、小説はあまり読まれなくなっているように思います。小説を好きな方はもちろん手にとってくださっているんですけどね。それでも今でもBL小説誌や書籍が刊行されているのは、熱心に読んでくださっている方たちのおかげだと思います。

漫画は読む前に絵柄で好みかどうか判断することもできますが、小説は読んでみないとわからないじゃないですか。だから余計に、書評サイトだとか口コミの感想だとかを参考にする面があると思うのですが、自分で読んで一度面白いと思った作家のことは、その後も買い支えてくださる方が多いような気がします。作家買いというものですね。そうやって読みつづけてくださる方が私の作品の読者さんにも多くて、本当にありがたいです。

もうひとつ感じていた大きな変化は、小説誌の休刊ですね。以前に比べて小説誌はずいぶんと減ってしまっていて、そうなると、短い作品を書くのが得意だという方が淘汰されてしまうのが残念で。一冊書き下ろすのが向かないという方はどうしたっていらっしゃるのですが、そういう方の作品の発表の場が失われてしまうと、商業誌以外の場所を探すしかなくなってしまいますから。

――そのあたりはＢＬ漫画と真逆なのですね。ＢＬ漫画は、読切や読切シリーズが中心で、漫画家は読切を量産できないと厳しいところがあります。

松岡　そうなんです。小説の場合は、もともとＢＬ小説誌の数がそんなに多かったわけではないので、どうしても書き下ろしが中心にならざるをえないんです。兼業で活動されている方も多くいましたから、なかなか書き下ろしにかける時間を捻出するのが難しい作家さんもいたでしょうし、小説誌の休刊はそういった書き手の方にとっては本当に残念なことだったと思います。私は雑誌連載が苦手で、書き下ろしのほうがありがたかったのですが、それでもＢＬ小説誌が休刊していってしまうのは、とても寂しかったですね。

――先ほど「小説は読んでみないとわからない」と仰っていましたが、確かに自分がＢＬ小説を購入するときは、作家名かあらすじか、場合によってはイラストレーターが好みかどうかで判断しています。

松岡　書店によってはＢＬ小説もパッキングされていることが多いので、ジャケ買いする人は結構いると思います。ＢＬ小説はイラストレーターで部数が左右される、と言われてもいましたし。

――自分の好みかどうか即座に判断がつかないあたりにも、新規のＢＬ小説読者が生まれにくい理由があるのかもしれませんね。

松岡　そうですね……漫画はぱっと読める分、新規読者を呼び込みやすいですし、電子書籍化して試し読みもしやすいように思うのですが、小説の場合は試し読みで判断してもらうのもその分量によっては厳しいでしょうし。ジャンルに活気があった頃は勢いだけでやれていたところもあったかもしれませんが、以前からの読者さんを大事にしつつ、新規の読者さんに手に取ってもらえるきっかけを、ＢＬ小説界側がもっと作っていかないといけないのかもしれないと思います。

ＢＬは関わる人がみんな熱心なジャンルのような気がする

――ジャンルが発展するにつれ後進も現れてきましたが、何か心境の変化はありましたか？

松岡　私が小説好きなこともあって、面白い小説は何作でも読めてしまうし、どれだけ小説があっても困らないので（笑）、新しい作家さんが増えるのは大歓迎です。それでたとえば読者さんを奪い合うことになるだとか、自分の場所がなくなってしまうかも、というような不安はありませんでした。私は書き下ろしが中心なので、雑誌に載る場を競い合うという実感がないからかもしれませんが。まあ、新しい才能に焦ったり羨んでみたりしても、自分にその方たちと同じようなものが書けるかと言われたら書けないので、気にしても仕方がないというか……。今あらためて思ったのですが、もしあの頃、私がほかの人の存在や時流に惑わされて、書けないものをがんばって無理やり書いていたりしたら、結局は自分でもつまらないと思うようなものを何作かしか書けずに消えていたと思います。自分が書きたいものを見失っていたら、ダメだったんじゃないでしょうか。幸か不幸か、私は不器用なもので、書けないものはどうしたって書けなかったけれど、当時はそれができない者がいることを許してくれる、勢いがあるジャンルならではの寛容さがＢＬにあったんですよ。

――寛容といえば、商業ＢＬ界は作家の同人誌活動を認容しています。商業誌で活躍しているＢＬ小説家やＢＬ漫画家が商業作品の番外編を同人誌で出すようになって、ＢＬのオリジナル同人誌ジャンルも以前より活気づいたように思います。

松岡　それは確かにあると思います。自分でも商業作品の番外編を同人誌で出すことが増えたのですが、それを求めてきてくださる方はやはり多いです。

――先ほど、ＢＬというジャンルの勢いを感じていたと仰っていましたが、書き手としてその勢いに背中を押される感じはあったのでしょうか。

松岡　自分の場合は特にありました。同人誌からするっと、商業誌での活動を右も左もわからないままはじめてしまって、それでもなんとかやってこられたのは、波に乗った、その一言に尽きると思います。でも、その波もけっして大きなものではないという（笑）。大波の余波みたいな、脇のほうでささーっと起こっている波ですね。それにしれっと乗っていた感じ。学園ものだリーマンものだと大きな波が打ち寄せている脇で、その波なら自由に乗っていいですよ、と出版社さんに言われた波に楽しく乗っていたように思います。

――香港マフィアや宮廷もの、海賊ものなど、書かれていたのは確かに主流の大波ではありませんでしたね。

松岡　そうなんです（笑）。そういったものをどの出版社さんでもＮＧを出されることなく書かせていただけたのは、本当にありがたいことですね。この間、長らく『ＦＬＥＳＨ＆ＢＬＯＯＤ』を書かせていただいている徳間書店キャラ文庫の担当さんと話をしていたときも思ったのですが、なかでもキャラ文庫さんは間口が広いんですよ。そもそも『ＦＬＥＳＨ＆ＢＬＯＯＤ』をはじめるときに、ラブシーンが最初からしばらくの間ないうえに、その状態がいつまで続くかわからないということをお伝えしても、いいですよと快く許していただけたくらいですから。自分でも、ＢＬなのにいいのかな、と思っていましたので、度量が深いなあ、と。そこでもしも許してもらえなかったり、ラブシーンを入れることを強要されていたりしたら『ＦＬＥＳＨ＆ＢＬＯＯＤ』は書けていないと思います。

――そのキャラ文庫さんも今や老舗ＢＬ小説レーベルになりました。

松岡　キャラ文庫さんのレーベルで書かせていただいて長いので、感慨深いものがあります(笑)。ＢＬ初期の頃からの文庫レーベルさんはまだいくつも残っていますが、ノベルズがどんどんなくなっていってしまっているのが残念ですね。

――二〇〇〇年代初頭と比べてもノベルズのレーベル、刊行点数はずいぶん減ってしまいました。

松岡　書店での棚が確保しづらいといったこともあって、営業展開しにくいのだとは思いますが、個人的にはやはり残念です。

――営業展開の点では、ＢＬコミックスにもいえることですが、ＢＬ小説の新刊特典や既刊を含めてのフェアなど、販促が盛んなのは特徴的だと思います。

松岡　小説だと、[15]ＳＳが特典としてついたり、全員サービスで番外編小冊子がついたりもしますが、これは好きになったキャラクターたちのことだったらどんな話でも読みたい、と思ってくださる読者さんの気持ちが、ほかのジャンルより強いからじゃないかと思います。ほかのジャンルだと、続編なら読みたい、くらいの気持ちはあるのかもしれませんが、ＢＬの読者さんはそこに労力やお金をかけてでも読みたいと思ってくださる気がします。特典のＳＳは短い文量なことも多くて作家も意外と大変なんですけど（笑）。

――確かに、ＢＬ小説の読者は熱心かもしれませんね。

松岡　商業誌番外編の同人誌まで読んでくださる方も多くて、このカップルのことがもっと知りたい、と思ってくださる読者さんが多いということなんでしょうね。それと、いろいろなフェアや特典を考える編集部の努力も大きいし、関わる人がみんな熱心なジャンルのような気がします。ロマンス小説にＢＬ小説と似た印象がありまして、ロマンス小説は特典やフェアが盛んではないと思いますが、ロマンス小説が好きな読者さんたちも数を読まれますし、販売の初動がいいのでありがたいと、編集さんから伺っています。最近はロマンス小説も部数が落ちてきているようなんですが、それでもそれを好む人が確実にいることがわかっているという意味では、まだまだ手堅いところがあるんじゃないかと思います。私もロマンス小説を読む人間なのでわかるんですが、いっとき飽きる時期があるんですよ。そういう人たちがぱらぱらと抜けては、また時間が経つと戻ってきたりする。刊行点数も多いので、自然と自分の好みにあわせて絞って読むようになりますし。ＢＬにもそれと似たところがあるんじゃないかと思います。

熱心なファンがいるジャンルでも、いつの間にかファンの姿が鳴りを潜めてしまって、書店の棚からもそのジャンルの本が放逐されてしまうことがありますよね。そういうことは、どのジャンルでも起こりうることだと思うのですが、ＢＬのような感覚的な萌えが底にあるものというのは、関わる人すべての萌えが尽きることはないと思うので、何となく行く末も大丈夫なんじゃないかと思うんです。ただ、これは知り合いの編集さんが仰っていたことなのですが、個々の作家さんのご事情などにより、その作家さんが萌え枯れすることはある、と。それはなんとなくわかります。

——ご自身も枯れるような思いをされたことが？

松岡　幸いにもまだ萌えが枯れたことはないです。四半世紀も続けていれば（苦笑）、私生活でつらいこともあったりして、ちょっと執筆する気力が乏しくなったことはありましたが、それでも書き続けることはできました。あのとき挫けてしまっていたら、そのまま筆を折っていたかもしれません。書きはじめたものはエンドマークをつけなくてはいけないという一心で続けましたが、それがよかったんだろうと今でも思います。

BL読者は、まず楽しみたいというところに重きを置いている

――またBLではない小説を書きたい気持ちはありますか？

松岡　はい。実際にお声がけもいただいているのですが、『FLESH&BLOOD』が佳境ということもあって、先延ばしになっています。漫画の原作をやっていたときに思いついたネタもありますし。BLもそうでないものも、書きたいものを書いていけたらいいと思います。

――では、BLの魅力はどんなところにあると思われますか？

松岡　フリーダムさです。もっとも、いくつか規制はありますけど。男同士の恋愛であること、ラブシーンがあること。これをクリアすれば、あとはフリーダム。この自由性はほかのジャンルにはなかなか見当たらないと思います。こと小説に限っていうと、たとえば、作為性がありすぎる作品を受け入れてくれないジャンルもありますし、ハッピーエン

ドじゃないほうが文学性があるかのように思われることもあります。SFやミステリーは書くうえで知識が問われることが多々ありますし、読者にもそれを求めてくる印象のものもあります。ちょっと語弊があるかもしれませんが、BLは〝～っぽさ〟が許されるんですよ。ファンタジーっぽいもの、SFっぽいもの、ミステリーっぽいもの、純文学っぽいものでもいい。もちろん本格的な作品もありますし、読者の皆様も歓迎してくださいます。ただ、BLで大事なのは萌えがあるかどうか。読者が最も重きを置く部分さえ見誤らなければ、この自由さと寛容はほかのジャンルでは感じられないものだと思います。書くほうにとっても魅力ですし、読むほうとしても、いろいろなものが読めるのは魅力ですよね。

――その自由さにクリエイティブな部分を刺激されるのでしょうか。

松岡　それはありますね。なんでもやってみていいかな、という気持ちになれます。以前に『WILD WIND』という、テキサスで石油を掘っている人たちが埼玉で温泉を掘るという話をキャラ文庫さんで書かせてもらったことがあるんですが、プロットを説明する段階で今のようなことを言っても、なんだかよくわからないと思うんです。これをほかのジャンルで書きたいと言っても、編集部からOKが出ない気がします。でも、BLなら書けるんですよね。さすがにこの話は、キャラ文庫さんだったからＯＫが出たのかもしれませんが（笑）。ＢＬだからこそ許されている設定や展開は、いろいろあると思います。そんなに権力を持った生徒会はないだろうとか、大企業のオーナーが自由すぎるだろうとか。そんなことありえないだろうと笑いながら、ＢＬだったら受け入れられるし、受け入れてもらえるから書くことができる。つくづく不思議なジャンルだと思います。

読者さんの度量も本当に大きいんですよね。その作品のいいところを見つけて受け入れてくださる方が多いんだと思います。純文学だとか、シリアスなエンターテインメント作品を好む方は、真面目に読みたい、感動したいというところに重きを置いて読んでいるから、リアルさとかけ離れた内容を避ける傾向があるように思いますし、その気持ちもわかります。でもＢＬ読者さんは、まず楽しみたいというところに重きを置かれているように思います。たとえ荒唐無稽な設定でも楽しめればいい、楽しみたいからそれ以外はとやかく言わないという、ＢＬのフリーダムさがとても好きです。

自分で書くときも、この作品を楽しんでくださる方がひとりでもいればうれしいなと思って書いています。『ＦＬＥＳＨ＆ＢＬＯＯＤ』も、海賊が好きで海賊を書きたい、という気持ちから生まれたものですから（笑）。海賊を好きな人がいっぱいいるといい！と願って書いているうちに、『パイレーツ・オブ・カリビアン』の波が来て、海賊好きが増えたうえに、その余波で『FLESH&BLOOD』を読んでくださる方も増えて、うれしかったです。

――『FLESH&BLOOD』もBL小説界でも類を見ないほど長いシリーズとなりました。

松岡　一巻が刊行されたのが二〇〇一年ですから本当に長いですね(笑)。最初はもとからの私の読者さんだったり、小説好きな方が読んでくださっていたのですが、途中から『FLESH&BLOOD』のドラマCDをきっかけに、出演してくださった声優さんのファンの方も読んでくださるようになったんです。その後、『パイレーツ・オブ・カリビアン』がきっかけで海賊好きになった方が、BLは初めてだけれど興味があって、と読みはじめてくれたり。ずいぶん長いシリーズになっていますが、新規参入してくださる読者さんも多くて、本当に恵まれた作品だと思います。そういえば、当初、担当さんには何巻予定か聞かれたときに、五巻予定だけれど筆が滑るかもしれないから八冊くらいだと思います、とお答えしたのを思い出しました(笑)。

――……二十巻をとうに越えましたよね?(笑)

松岡　自分でもびっくりです。ここまで書かせて頂けているのは、当初から支えてくださっている方をはじめ、様々なことをきっかけに読みはじめてくださった方たちのおかげです。

――『FLESH&BLOOD』はたびたびドラマCD化されていますし、キャラ文庫はよくフェアを開催していますので、そういったことも長いシリーズ作品と読者が新たに出会うきっかけに大いに役立っているわけですね。

松岡　特にBLのドラマCDは、原作にもいい影響があるように思います。役者さんたちの真に迫る演技のおかげもあり、ドラマCDで描かれていない部分に興味を持ってくださるようなんですね。それを知りたくて原作を手に取ってくださるらしくて。シリーズものだから、そのまま続きを読んでくださる方も多いし、本当にありがたいことです。

書きたいものが書ける数は限られている

――シリーズ作品を書いていると、それとはまったく別の書きたいものが浮かんでくることはありませんか？

松岡　浮気心というのはあるもので（笑）、長い話を描いていると、どうしてもその作品以外で、こんなのを書きたいな、と思うものは出てきますね。書いているシリーズに集中しないと、と思うのですが、浮かんできてしまうものは仕方がないと思っています。なのでひとまずメモをとって、ストックしている状態です。はじめた物語は終わらせなければ、という思いがあるので、エンドマークをつけるまでは我慢ですね。不器用なので、あれもこれもとは書けないのがつらいところです。

――小説家デビューされて四半世紀経つわけですが、デビュー当時、掲げていた目標のようなものはあったのでしょうか。

松岡　とりあえず続けていきたいという気持ちだけでした。私は投稿や持ち込みをしたり、何かの賞を取ってデビューしたというわけではなく、あまりにもあっさりと商業誌でお仕事をする機会をいただいてしまったので、自分が甘っちょろいことはよくわかっていました。今、漫画誌で投稿作の審査員をさせていただいているのですが、投稿する方の〝強さ〟には敬意を払います。誰だって、人の審査を受けるのは怖さを感じるところがあると思うんです。自分の作品を受け入れてもらえるとは限らないし、厳しいことだって言われる可能性があるわけで、傷つくことだってありますよね。それでも自分の作品を評価される場に出すという方は、〝強い〟と思います。自分はそういうことをスルーしてきてしまった自覚があるのですが、それでもこの仕事を続けていきたいと思っていたので、デビュー当時、なんとかがんばろうとしていたように思いますね。

――デビュー当時と今とで何か心境の変化はありましたか？

松岡　当時は、映画を観ても漫画や小説など何を読んでも、物語としてどんな構造をしているのか、展開はどうなのかというようなことを分析をするのが癖になっていたように思います。純粋に作品を楽しめていなかった。それが、ひとつひとつ仕事として自分の作品を書きあげていくうちに、いつの間にかまた自然と楽しめるようになりました。

――これまでの創作活動を振り返って、特に印象的なのはいつ頃ですか？

松岡　いろいろなことがあったのですが、『トルーパー』で同人誌をやっていた時代が強烈すぎますね（笑）。自分も若かったし、毎日「好き」というエネルギーに満ち溢れていました。あの時代があったからこそ、今もこうしてやっていけていると思うんです。あそこで最大限にエンジンを回してしまった感もあるのですが、充分に暖機できたことで、その後もなんとかやってこられたような。今の自分の礎を作ってくれた時代だった気がします。

同人時代に出会った方々の多くとは、今でも仲良くさせて頂いています。プロの漫画家や小説家になっている人もいますが、お互い仕事の話はせず、最近の萌えについて好き勝手に話しています（笑）。私が仕事を続けられた大きな理由のひとつは、友だちに恵まれたことです。どんなときにも変わらずにいてくれる存在があることはとても心強い。タイミングがよかったと思うんですよね。寝食を忘れるほど夢中になれる作品に出会えたことも、密度の濃い時間を分かち合える友人たちと出会えたことも。

——ＢＬ小説家としての今後の野望を教えてください。

松岡　まずは三十周年までがんばりたいです。ここしばらくは身内の者が倒れたりして慌ただしかったこともありますし、自分の年齢的なことも考えるとデビュー当時のように体力に任せるようなこともできなくなりますからね。三十周年までこの仕事を続けていられるよう目指すことは、まさに野望だと思います。

——これからのＢＬ界はどうなっていくと思いますか？　何か望まれることはありますでしょうか。

松岡　以前ほどの大きな波はもうそんなに起こらないような気がするんですけれど、大波は来なくても、川のようにずっと流れるものであってくれればいいと思います……いや、やっぱり、大河になってほしいですね（笑）。漫画でも小説でも自分のなかに書きたいものがある人たちには、どんどん書いてほしいと思います。

経験して思うのは、上達にはある程度書き慣れる必要があって、書き慣れるには場数を踏むしかない。物語を終わらせることを続けることで学べるものがあると思うんですよ。一作一作完成させることが大事で、そのためにはどんどん同人誌活動もするといいと思います。一冊本を出すことで経験できることはいろいろあるし、読者さんの反応も得られますし。ただ商業誌を目指すなら、そこで溺れすぎないこと。

時間は有限で、どんなに書きたいものがいくつもあっても書ける数は限られているので、自分にとって作品を書くうえでよりよい方法を模索してほしいですね。私は、鳥羽を亡くしているので余計にそう思うのかもしれません。彼女も、もっと描きたいものがあったはずなので。書きたいものが自分のなかにあるなら、余計なことを考えたり、余計なことに係ったりしないで、書いてほしいと思います。私も書いていきたいです。この先も書いたものを読者さんに楽しんでもらえることをずっと続けることができたら、本当に本当にうれしいですね。

松岡なつきとBL

八〇年代末、アニメ『鎧伝サムライトルーパー』の二次創作同人誌で絶大な人気を誇っていた松岡なつきは、当時から筆力に定評のある書き手として知られていた。その後、九一年に別名義で小説家デビューすると、漫画原作者としても活躍。翌九二年には現在の筆名でBL小説家としてデビューし、流行を追わない独自の作風が着実に支持を集める。BL小説界屈指の大長編となっている『FLESH&BLOOD』を現在も執筆中。

註

1 黎明期のBL小説界では、『JUNE』の名物企画であった〈小説道場〉出身の作家が多く活躍し、その隆盛を支えていた。〈小説道場〉は、『JUNE』八四年一月号から連載された小説教室で、評論家・中島梓（小説家・栗本薫の別名義）が道場主として、読者から送られてきた投稿小説を愛と熱意をもって指南していた。主な門弟（投稿者）に、秋月こお、榎田尤利、尾鮭あさみ、鹿住槇、柏枝真郷、金丸マキ、佐々木禎子、須和雪里など。

2 BL小説誌は、九三、九四年が創刊のピークだったが、BL漫画誌に比べると数は少なかった。Webマガジンに形態を変えた小説誌も多く、現在紙媒体で刊行されているBL小説専門誌は、新書館『小説ディアプラス』（季刊）、徳間書店『小説Chara』（年二回刊）、リブレ『小説b-Boy』（季刊）の三誌。＊一六年六月現在

3 雑誌掲載時。九二年刊行の書籍『セイレンの末裔』（早川書房／ハヤカワHi!

Ｂｏｏｋｓ）では、富樫ゆいか名義。同名義で漫画原作者としても活躍していた。

4 三次元萌え。アイドルや俳優など、実在の人物が萌えの対象になっていること。

5 イラストや小説など作品が載っていたり、同人誌の通販情報やフリートークが書かれていたりする。基本的に無料（郵送料は主に購入者が負担）。

6 『花とゆめ』（白泉社）に連載されていた、亡き従兄弟への報われぬ思いをその忘形見の甥っ子に注ぐ、美麗な兼次おじさまを描いた『兼次おじさまシリーズ』で人気を博し、ＢＬ誌でも作品を発表している本橋響子の同人作家時代のペンネーム。

7 同人サークルが主催し、読者が参加するお茶会やダンスパーティー（ダンパ）が八〇年代を中心に開催されていた。

8 八〇年代半ばに隆盛した『キャプテン翼』以降の女性向け二次創作同人誌の主だった流れとしては、八七年にポスト『キャプテン翼』として台頭した『聖闘士星矢』、八八年後半に人気が高まった『鎧伝サムライトルーパー』、ジャンルの拡散が進むなか八九年に人気を集めた『天空戦記シュラト』などが新たな波として同人誌に活況をもたらしていた。その後、九〇年代に入り、『新世紀ＧＰＸサイバーフォーミュラ』『ＳＬＡＭ　ＤＵＮＫ』が大きく人気を博す。

9 漫画家。九一年に『ＮＨＫまんがで読む古典（１）源氏物語』（角川書店）でデビュー。主な作品に、漫画原作者・富樫ゆいかとタッグを組んだ『悪魔と踊れ』『こちらポーラスター旅行社です!!』（どちらも角川書店）や、単独名義での『山科伯爵の事件帳』（桜桃書房）、『微笑の法則』（芳文社）など。〇八年逝去。

10 同人誌即売会（イベント）で参加サークルが複数冊新刊を発刊する際、紙袋などに新刊すべてをまとめる頒布方法。頒布時の混乱を避けるために、現在でも活用されている。

11 九二年に角川書店から創刊された、BL小説レーベル。もともと『JUNE』に掲載された作品が角川スニーカー文庫から刊行されていたが（刊行時にはピンクの帯が巻かれていた。一般的なライトノベル作品は青い帯）、独立刊行されるように。

12 キャラクターの関係を描いた海外のファンフィクションのこと。内容を端的に説明する際、〈／〉でキャラクター名などを表記することから。〈m／m〉は男性同士、〈f／f〉は女性同士の話であることを意味する。

13 九六年から開催されている、男性同士の恋愛を題材とした創作同人誌の即売会。Jは『JUNE』のJであり、『JUNE』掲載作品のパロディ同人誌のみ頒布可能。現在も多くのBL作家が参加している、BLファンにはおなじみのイベント。

14 一一年から放送が開始されたテレビアニメ。女性ファンを中心に、二次創作ジャンルにおいても爆発的な人気を得る。それまで二次創作活動から離れていたものの、この作品を機に活動を再開したという作家も少なくない。

15 ショートストーリーの略語。BL小説では、初版限定、店舗限定など購入特典としてつけられていることが多い。

—コラム・「あの頃」の現場—

ボーイズラブの勃興と同人誌

三崎尚人

本稿では、ボーイズラブの勃興において、同人誌、特に二次創作・パロディ同人誌の果たした役割についてまとめてみたい。

前史

一九七八年十月の「COMIC JUN」(三号目から「JUNE」に改題・サン出版)創刊によって、主に女性読者を対象とした男性同士の同性愛表現をテーマとした商業雑誌に現れた。その後、一九八〇年十月にライバル誌「ALLAN」(みのり書房)も生まれた(一九八四年休刊)。

一九八三年十月には小説に特化する形の「小説ＪＵＮＥ」が創刊された。これらの商業雑誌が生まれた背景には、七〇代前半〜後半にかけて、萩尾望都・竹宮恵子（後に惠子）といった二十四年組を中心とする少女マンガ家たちが、ＳＦや少年愛を題材とした新しい表現に挑戦し、多くのファンの支持を集めたことがまず挙げられる。彼女たちの多様で既成の少女マンガを打ち破る自由なスタイルは、幅広い支持だけでなく、マニアックなファン層を形作ることになった。また、同時期イギリスで流行ったグラムロックの影響が日本にも及び、マーク・ボラン、デヴィッド・ボウイ、ＱＵＥＥＮといったロック・ミュージシャンが新しい少女マンガや「ＪＵＮＥ」での美形男性キャラの確立に大きな影響を与え、いわゆる耽美系と呼ばれる要素がここに生まれた。

一九七五年十二月にはじまったコミックマーケットの初期においても、上記の「少女マンガブーム」の影響が色濃く反映された。一九七六年四月には『ポーの一族』のパロディ作品『ポルの一族』が、同人誌『漫画新批評大系叢書 ｖｏｌ．１ 萩尾望都に愛をこめて』（迷宮'76）にて発表され話題を呼ぶ。笑いもやおいもおもちゃ箱のように詰め込まれたこの作品は、コミックマーケット準備会初代代表でもある原田央男（霜月たかなか）を中心に作られたものだ。原田は、『コミックマーケット創世記』（朝日新書）において、「コミケットがパロディ化・アニメ化によって『まんがの遊び方』を教えてしまった」と後に述懐するが、この作品がコミックマーケット（以下コミケと省略）におけるパロディ文化の嚆矢となる。

一九七九年十二月に発行された同人誌『らっぽり やおい特集号』（漫研ラヴリ）では、「山なし落ちなし意味なし」という〈やおい〉の定義が語られ、転じて男性同性愛の性表現、特にパロディ同人誌におけるそれを指す言葉として使われるようになる。七〇年代後半からのアニメブームを受けて、徐々にコミケの主流をなしていくようになるパロディ同人誌においては、原作のいわゆる美形キャラがやおいの主たる対象であり、その造形も原作の絵柄を相当に残しつつ、耽美系の傾向を受け継ぐものが主流であった。

C翼ブーム

一九八〇年代前半において「少年愛ブーム」で話題となった諸作品や、「ＬａＬａ」「別冊少女コミック」の主要作品などが連載終了し、当時のマニアックな少女マンガファンの支持を得ていたマンガの多くがいったんなくなるのとほぼ時を同じくして、一九八五年から大ブレイクがはじまったのが同人誌における『キャプテン翼』（以下Ｃ翼）パロディである。Ｃ翼ブームには様々な要因があるが、その大きな要因の一つは、特徴あるキャラが大量に描かれていながら、全体としては非常に個性に乏しく、その表層的な記号性がパロディ対象に非常に適していた、ということが挙げられる。しかも、原作は健全なスポーツマンガであり、キャラクターのグラウンド外の生活がほとんど描かれず、パロディとしていかようにもアレンジ可能であり、しかもアニメ化もされている「少年ジャンプ」作品という点で誰もが知っており、共通言語性も高い。パロディ同人誌を描く少女にとって、これほどうってつけの原作はなかった。

一九八五年前半からはじまった人気は、一九八六年に入ると過熱とも言えるブームを迎える。若い描き手・読者が多かったこともあり、その暴力的とも言えるエネルギーは、様々な軋轢《あつれき》を呼ぶ。若い参加者たちのマナーがなっていないと、特に、既存のパロディや耽美系ジャンルのサークルからＣ翼ジャンルは目の敵にされた。しかし、そのパワーによって、現在にまで続くありとあらゆる「パロディネタ」が生み出され、新しい物語が紡がれる中で、しだいに原作キャラの記号だけを残し、絵柄はそれぞれの描き手のオリジナル性が発揮されるようになる。そこには、「ＪＵＮＥ」や耽美がある種のエクスキューズとして持っていた文学性、高尚さ、韜晦《とうかい》といったものはほとんどなくなる。その方法論は、現在に至るメルクマールとなった。その後の『聖闘士星矢』『鎧伝サムライトルーパー』といった作品のヒットとパロディのブームの持続は、読者の年齢層が団塊ジュニアというボリュームゾーンであることと相まって、コミケと同人誌の市場を大きく拡げていく。

パロディサークルの創作（ＪＵＮＥ）ジャンルへの進出

申込サークル数が配置数を上回り、少なくないサークルが抽選で参加できないコミケには、一代表者一サークルのみの参加というルールがある。複数のスペースをひとつのサークルが取ることは、書類不備の対象ともなるし、主催者のチェックをすり抜けたとしても、ダミーサークルとして非難の対象となる。

過熱するＣ翼ブームのタイミングにも関わらず、一九八六年冬〜一九八七年夏のコミケでは晴海の国際見本市会場が使えず、はるかに狭い東京流通センターでの初の二日間開催となった（以後二日間が一九九四年まで基本となり、その後三日間開催がはじまる）。一九八六年冬のコミケ31では、C翼ジャンルに過度に人が集中し大混乱したことを受け、コミックマーケット準備会は、一九八七年夏のコミケ32以降ルールを曲げて、サークル名を変えて形式上別サークルとすることで、一部のパロディ系人気サークルの実質二日間参加を認め、混雑の分散を図ることをはじめた。この際パロディではない日のサークルは、概ね創作系、特に創作（JUNE）ジャンルに配置され、「【本来のサークル名】ORIGINAL」というサークル名を使うサークルも少なくなかった。この措置にはもちろん批判もあり、サークル自身も配置されたジャンルの同人誌が机の上にないというのは居心地のよいものではない。そこで、パロディだけではなく、オリジナルを描くことに挑戦し、ボーイズラブテイストの創作同人誌を出すサークルも増えはじめる。

商業誌への展開

女性系パロディブームを商業的に最初に利用したのは、中小出版社によるパロディ同人誌の再録を中心としたアンソロジーの出版だった。一九八七年一月に発行された『つばさ百貨店』（ふゅーじょんぷろだくと）は異例のヒットとなり、その後の青磁ビブロスによる『メイドイン星矢』（一九八八年四月）の発行など他社が追随する。商業アンソロジーの発行は、同人誌ブームに完全に乗っかったものではあったが、同人誌専門店もインターネットもない時代、同人文化を商業流通にのせて全国に伝え、潜在的需要を掘り起こす役割も果たした。

そして、パロディ同人誌で人気を得た描き手たちが、商業誌進出を果たしていく。一九八七年六月に高河ゆんが『アーシアン』を発表、一九八九年七月にCLAMPが『聖伝 ‐RG VEDA‐』でデビューする。一九八八年おおや和美が小学館でデビューし、前年デビューしていた尾崎南が「週刊マーガレット」でC翼パロディのモチーフをそのままに『絶愛 ‐1989‐』を発表する。

さらに、様々な出版社が、著作権的にはグレーなアンソロジーではなく、パロディ系の同人作家を大量登用しての新しいマニア向けの少女マンガ誌を作っていく。「別冊ぱふ」(一九八八年五月・雑草社)、「サウス」(一九八八年七月・新書館)、「KID'S」(一九八九年一月・ふゅーじょんぷろだくと)、「Patsy」(一九九〇年四月・青磁ビブロス)……。そして、ボーイズラブ的な雑誌として、「GUSH」(一九九〇年八月・桜桃書房)、「イマージュ」(一九九一年十二月・白夜書房)、「b‐boy」(一九九一年十二月・青磁ビブロス)が創刊される(正確には増刊扱いやコミックス扱いだが、便宜上雑誌の創刊としておく)。「イマージュ」のキャッチコピーには〈BOY'S LOVE COMIC〉の言葉が使われ、ボーイズラブという言葉はここに生まれたと言われる。さらに、東宮千子らを中心とした同人サークル「吉祥寺倶楽部」が一九九一年に法人化(吉祥寺企画、後に冬水社)し、一九九二年四月に「Racish」が創刊された。

一方で、一九九二年は白夜書房から山藍紫姫子・花郎藤子の同人誌作品が数多く商業化された他、勁文社、二見書房から耽美小説が刊行され、一九九〇年頃からスニーカー文庫内で「ＪＵＮＥ」掲載作品を中心に文庫化していた角川書店から、一九九二年十二月に女性向けレーベルとしてルビー文庫が創刊された。

ＪＵＮＥ系小説作品のパロディ

パロディ同人誌が様々なジャンルに拡散する中、マンガ・アニメ原作だけでなく、小説作品にも注目が集まる。コミケでサークルの申込時にジャンルを選択させるしくみができたのは一九八六年冬のコミケ31で、一九八七年冬のコミケ33では「栗本ＦＣ」という名前で栗本薫のパロディとファンクラブ活動ジャンルの存在が確認できる。大きな波となったのは八〇年代後半からの菊地秀行の『魔王伝』、田中芳樹の『銀河英雄伝説』ブームだ（一九八八年夏のコミケ34で共にジャンルができる）。特に『魔王伝』は高河ゆんとその周辺の同人作家たちがパロディ同人誌を作ったことによって原作人気も高まった。そうした流れの中で、「ＪＵＮＥ」出身作家の作品もパロディの対象となっていく。九一年～九三年にかけて吉原理恵子の『間の楔』、九四年～九六年にかけて秋月こおの『富士見二丁目交響楽団』のパロディ同人誌が人気を得た。これらの作品のパロディは、パロディであるにもかかわらず創作（ＪＵＮＥ）ジャンルに配置され、一九九二年夏のコミケ42にＦＣ（小説）という小説作品のパロディのためのジャンルができた後もしばらく創作（ＪＵＮＥ）パロジャンルに配置された。ちなみにその後『フジミ』は、一九九四年夏に、その他「ＪＵＮＥ」パロディも一九九五年夏にはＦＣ（小説）に移される。また、『炎の蜃気楼《ミラージュ》』が一九九二年頃から盛り上がり、一九九三年夏のコミケ44には作者の桑原水菜自らサークル参加して大きな話題を呼び、一九九三年冬のコミケ45には単独ジャンルができた。

ボーイズラブの勃興

一九九三年以降、ボーイズラブ雑誌の創刊ラッシュが九〇年代後半にかけて続き（その数三十種近い）、現在に至る商業雑誌の大半がこの時期に姿を現した。中小（特に男性向けの成人向出版物を発行していた）出版社だけではなく、大手のマンガ出版社が参入したのもこの時期である。主立ったものとしては、一九九三年に「ＭＡＧＡＺＩＮＥ ＢＥ×ＢＯＹ」（十一月・青磁ビブロス）、「ＳＨＹ」（八月・大洋図書）、一九九四年に「Ｃｈａｒａｄｅ」（三月・二見書房）、「花音」（八月・芳文社）、「Ｃｈａｒａ」（十一月・徳間書店、ただし創刊当初は純粋なボーイズラブ雑誌ではない）、一九九五年に「麗人」（九月・竹書房）、「花丸」（十二月・白泉社）、一九九六年に「ルチル」（当初はスコラ→ソニー・マガジンズ→幻冬舎コミックス）、一九九七年に「ＢＯＹ'Ｓピアス」（三月・マガジンマガジン）、「Ｄｅａｒ＋」（四月・新書館）、「Ｄａｒｉａ」（十二月・当初はムービック、後にフロンティアワークス）が挙げられる。この状況をマンガ情報誌「ぱふ」一九九四年八月号は、「創刊ラッシュで戦国時代突入―『ＢＯＹＳ ＬＯＶＥ ＭＡＧＡＺＩＮＥ』完全攻略マニュアル」として特集したりもしている。そんなボーイズラブームの中、本家本元たる「JUNE」が一九九五年十一月に休刊した。

創作（JUNE）ジャンルの伸張

こうしたボーイズラブの活況は、商業誌に留まらない。同人誌における創作（JUNE）ジャンルもこの間大きく伸張した。同人誌市場全体の規模が年を追う毎に拡大し、しかも抽選率や全体のサークル数が回数毎に異なるため、コミケにおける経年変化を、配置された創作（JUNE）ジャンルのサークル数だけで語ることは難しいが、創作（JUNE）ジャンルができた一九八七年夏のコミケ32（総サークル数四千四百）に百六十四だったサークル数は、一九九一年冬のコミケ41（同一万四千）で五百六十六サークルになり、一九九七年夏のコミケ52（初の東京ビッグサイト全館三日間開催。同三万三千）には現在に至るまで最高の千二百九十二サークルとなり、その後は、夏冬の凸凹（夏は三日間開催・冬は二日間開催）はありつつも漸減していく。配置全体に占める創作（JUNE）ジャンルの割合に着目すると、一九八七年冬のコミケ33〜一九九一年夏のコミケ40までは、2.7％〜3.1％の幅で推移していた。これが、一九九一年冬のコミケ41で4.0％に急上昇し（つまり前回比約三割増）、その後は一九九八年冬のコミケ55まで、数回の例外を除き概ね3％台後半〜4.1％の間の割合となり、一九九九年夏のコミケ56以降は割合を徐々に落としていく（次ページグラフ参照）。商業ボーイズラブの疾風怒濤の成長期と同人誌における創作（JUNE）ジャンルの伸張のリンクは、このように数字上からも裏付けられる。また、同人誌即売会J．Garden

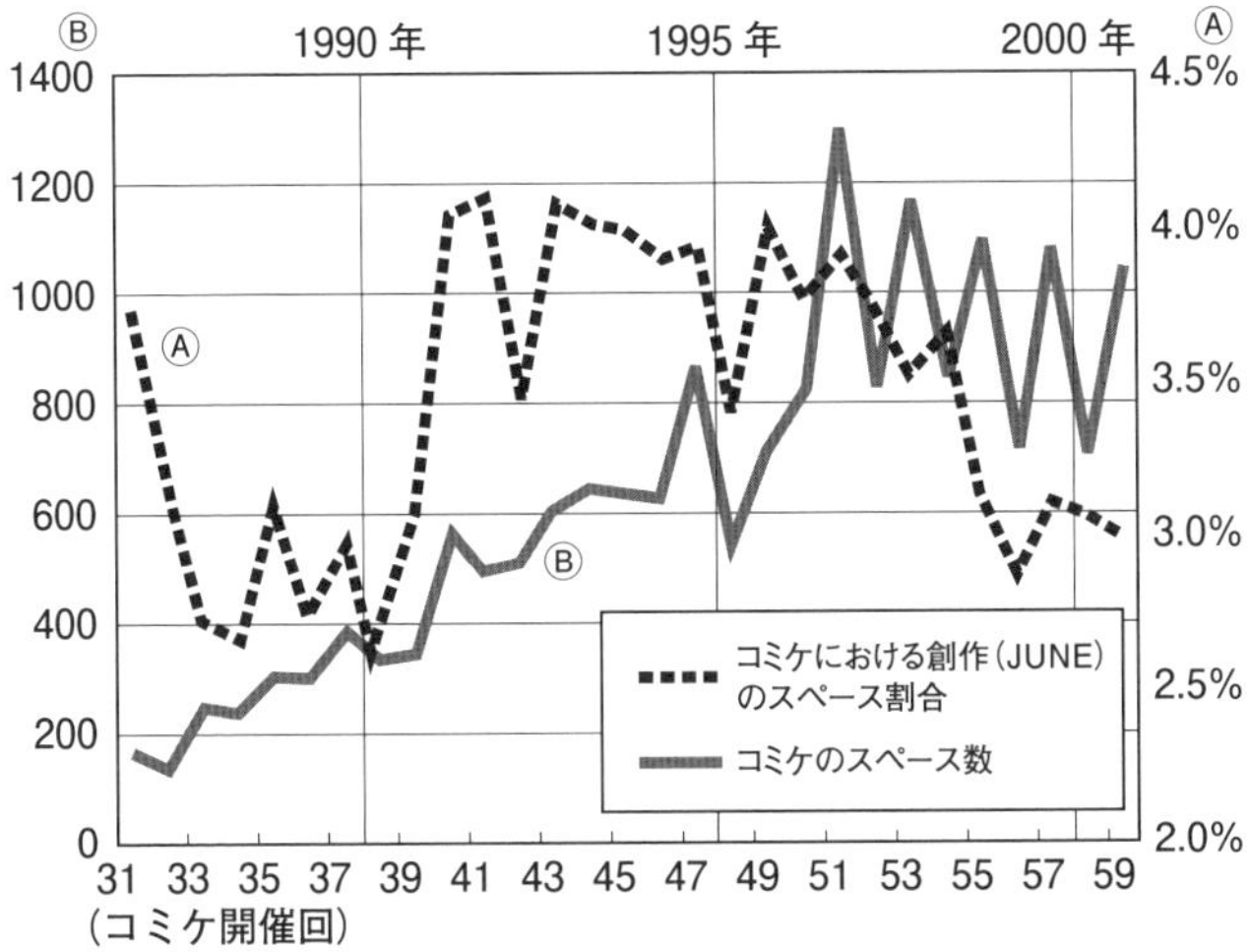

が一九九六年春にはじまった。春と秋に開催されるこの即売会は、夏・冬のコミケ以外にサークルに新刊を出させる動機付けになっており、その後二十年の長きに渡り、創作（ＪＵＮＥ）ジャンルのほぼ唯一のオンリー同人誌即売会として活動していくことになる。

この頃のマニア誌以外のマンガ誌においては、デビューすると、編集者から同人誌活動の禁止あるいは禁止されないまでも自粛が求められるケースが多かった。当時は出版社を跨いでの作家の異動が少なく、編集者による作家への統制が強く働いていたが、商業ボーイズラブは、その作家の供給の多くを同人誌出身作家に依存していた上に、作家が特定の雑誌・出版社に固定することも少なく流動性が高い。つまり、作家に無理なことを言えばそっぽを向かれてしまうおそれがある（なおこれは、商業ボーイズラブの締切設定が、他の商業誌と比して守られにくいという悪習にも繋がる……余談）。したがって、ボーイズラブにおいては、商業活動を行いつつ同人活動を継続する作家も多かった。

商業誌側も同人誌における作家の人気に期待するところもあり、商業誌の人気作家の同人活動が、逆に同人文化を知らない読者を同人誌に誘導する。同人誌即売会の大きな魅力は希少性の高い同人誌が手に入ることにあるが、自分のお気に入りの作家に直接会えるという〈会いに行けるアイドル〉という要素がこれに加わる。さらに同人誌即売会には、お気に入りの作家以外の自分の嗜好に合った同人誌・作家と巡り会える可能性が高いという側面もある。ここから、自分が同人誌を作って自己表現しよう、というステップへと踏み出すのに時間はかからない。

ボーイズラブ全盛期に向けて

同時期、パロディ同人誌の世界では九三年頃から『幽☆遊☆白書』『スラムダンク』の大きなブームが訪れる。特に後者は、羽海野チカ、河原和音（正確にはその前からプロデビューしているが）といった少女マンガ家に加え、よしながふみ、新田祐克、やまねあやの、扇ゆずは、門地かおり、寿たらこなど、その後のボーイズラブを支える作家たちを数多く送り出すことになる。こうした作家たちが、本格的に商業ボーイズラブで活躍するのは、主に九〇代末以降であり、前述のコミケにおける創作（ＪＵＮＥ）の漸減《ぜんげん》と軌を一にする。

大幅に増えたボーイズラブ雑誌は大量の作家を必要としており、描ける作家が次々と商業誌に青田買いされていく中、パロディのやおい同人誌とは異なり、同人誌におけるボーイズラブは、商業誌との差異を創り出しにくい。商業誌では読めないスピンオフや番外編は現在でも創作（ＪＵＮＥ）ジャンルのプロ作家サークルの売りのひとつではあるのだが、よしながふみのように、『西洋骨董洋菓子店』の本編では描かれなかった性描写を同人誌の番外編で大胆に描いて人気を博すほどの効果を得るのは難しい。せっかく商業誌では描けないような好きなものが描けて読める同人誌活動なら、パロディを選びがちになっていくのは、ある種の必然だったのかもしれない。また、商業活動を本格化させる中で、そもそも同人誌活動に時間と体力を割くことが難しくなり、人気作家ほど同人活動を縮小・撤退せざるを得なくなっていった事情もあった。

とはいえ、今なお商業ボーイズラブにおいて、同人誌は人材発掘の重要な場であり続けていることに変わりはないのだが。

まとめ

以上、非常に大雑把ではあるが、ボーイズラブの成立・勃興・発展と同人誌の関係を眺めてきた。既に多くの方々が指摘するように、「ＪＵＮＥ」という先駆者がありつつも、ボーイズラブの誕生には、パロディ同人誌の存在が大きな役割を果たしている。本稿では同人誌研究家として、過去の言説よりも同人誌側に踏み込んだ形で、それをまとめた。

C翼のところでも触れたが、かつての「JUNE」や耽美を楽しむには、何らかの言い訳が必要だった。作品の絶対数が少ない中では、古今東西の文学作品やマンガ、映画、音楽等から、「JUNE」・耽美テイストを見いだすことに価値があり、いくつも〈名作ガイド〉が作られたりもした。しかし、女性が性表現を、ましてや男性同士の同性愛を扱うには、文学性、高尚さ、韜晦といったオブラートが必要だった時代でもあり、そうした発掘活動が、〈選ばれし者の恍惚〉にドライブをかけたことも否めないだろう。ただそれは、さほど大きくもない当時のコミュニティとしてはむしろ自然な有り様である。善し悪しの問題ではなく、そういう時代だったのだ。

ところが、パロディ同人誌において原作の好きなところや描かれていないところを切り取って自分の好きなようにアレンジして描いたりする手法や、言語を共有し多くの仲間たちに受け入れられることへの充足感が、そうしたエクスキューズを不要にしていった。もちろん一朝にしてそれが成し遂げられたわけではない。例えば、「週刊少年ジャンプ」一九八七年九号の編集後記での「コミケを席巻するキャプつば本の約8割はポルノまがい」という担当編集者のコメントを受けて、その後やおいのことを「八割」と言い換えて呼ぶ自虐がしばらく流行ったことからも、それはうかがえる。だが、そんな逡巡はあっという間に過ぎ去っていった。

また、レディースコミックでの性描写の増加や過激化や、いわゆる〈ロリコン〉マンガ誌の読者における少なからぬ女性層の存在、「週刊少女コミック」などに代表される一部少女マンガでの〈エッチなマンガ〉の定番化など、少女や女性が性を楽しむことへのポジティブな環境が、八〇年代後半に商業マンガでもある程度地ならしされていった時代背景も功を奏した。ちなみに、レディースコミックにおいては、創作（ＪＵＮＥ）系同人でハードな性描写を書いていた作家たちが起用されたりもしていたのだが。

ともかくも、パロディ同人誌のやおいを経由しての〈エンタメ化・大衆化〉がボーイズラブをもたらし、「ＪＵＮＥ」時代とはくらべものにならない形で市場は拡大していくことになる……。こう考えるに、ボーイズラブの歴史を語る上でよく触れられる「えみくりが、自分たちの同人誌を〈男と男のりぼん〉と称していた」エピソードは、本人たちの射程を大きく超えて、ボーイズラブの態様の一面をも見事に現していたのではないだろうか？

三崎尚人（みさき・なおと）
マンガ評論家・同人誌研究家。
URL：http://www.st.rim.or.jp/~nmisaki（同人誌生活文化総合研究所）
Twitter:@nmisaki

注）本稿の作成に当たり、特にぶどううり・くすこ氏の「ボーイズラブ回顧年表」を参考にさせていただいた（https://bllogia.files.wordpress.com/2016/03/blchronicle_20160322.pdf）

第2章

小説家・元編集者

霜《しも》月《つき》りつ

Profile

富山県出身。イラスト、キャラクターデザインなどで活躍する天野喜孝氏の事務所に勤務したのち、独立。有限会社すたんだっぷを設立し、九一年四月に男の子同士のラブストーリーを集めた『Ｂｏｙ Ｂｅａｎｓ』、女の子同士のラブストーリーを集めた『Ｇｉｒｌ Ｂｅａｎｓ』を刊行する。特に『Ｂｏｙ Ｂｅａｎｓ』の好調な売れ行きが白夜書房の目に留まり、漫画誌『イマージュ』（後に『ＣＯＭＩＣイマージュ』）の創刊にあたり、編集業務を請け負うことに。同年十二月に創刊号が発売された同誌は、現在のＢＬ漫画誌に繋がる先駆の一誌であり、創刊号の表紙を飾った〈ＢＯＹ'Ｓ ＬＯＶＥ ＣＯＭＩＣ〉というキャッチが、男性同士の恋愛を扱った作品を〈ボーイズラブ〉と総称し、商業出版物に表記した嚆矢と思われる。九二年には『小説イマージュ』（白夜書房／後に『小説イマージュ ＣＬＵＢ』）も創刊。あらきりつこの名前で編集業務を行う傍ら、掲載枠を埋める形で自身もＢＬ小説を執筆。白城るた名義で作品を発表するように。九五年にすたんだっぷが編集業務から退いて以降は、執筆に専念。真坂たま、白雪真朱、工藤イルマの名義でＴＬ（ティーンズラブ）やロマンス小説を、霜月りつ名義で時代小説を手掛ける

男の子同士の恋愛を描いたものだから
〝ボーイズラブ〟と、深く考えずに
コピーをつけたような気がします

など、複数の筆名で活動中。近刊に『若さま人情帖』（コスミック出版／コスミック・時代文庫）、『神様の子守はじめました』（コスミック出版／コスミック文庫α）がある。

キャッチコピーで初登場した〝ボーイズラブ〟

――一九九一年に創刊された漫画誌『イマージュ』は、現在のBL誌に繋がる先駆け的存在のひとつでした。霜月さんは創刊時から編集長を務めていらっしゃいましたが、『イマージュ』創刊の経緯を教えてください。

霜月　前置きから少しお話しさせていただくと、もともと私はイラストレーターの天野喜孝さんのスタジオで働いていまして、あるとき天野さんから独立を勧められたので、すごく気楽な気持ちで「じゃ、出版をやろうかな」と思い立ってしまったんです(笑)。それで、個人ですたんだっぷという会社を立ち上げまして、何を刊行したいか考えたときに、今でいうところのBL雑誌と百合雑誌をそれぞれ作りたいな、と思いました。男性同士の恋愛を描く作品が載っている雑誌としては、そのときすでに『JUNE』がありましたが、耽美要素が強かったので、私としては耽美要素が薄いものが読みたかったんです。でも、そのときは、ほぼそういう作品を集めた雑誌や本は見当たらなかったので、じゃ自分で作ろうかな、と。そのとき目指したのは、明るくて楽しい本でした。八〇年代半ばに女性向け同人誌の世界で『キャプテン翼』の二次創作ブームが起きたときに、私はすごく衝撃を受けたんですよ。私も別のジャンルで、当時やおいと呼ばれていた男性同士の恋愛ものを書いたり読んだりしていましたが、全体的にシリアスの度合いが強いものが多かったんですね。同性愛ということで登場人物がすごく葛藤していたり、背徳感のある空気が漂うものだったり。それに比べると、『キャプテン翼』の同人誌は明るくてポップな内容のものが多くて、こんなふうに書いていいんだ、と驚きました。同時に、とても楽しくて。その楽しさを感じられる本を作りたかったんです。

百合雑誌は、女の子に向けた女の子のための百合作品が載っている本を作りたい気持ちがまずあって。たとえば『おにいさまへ…』だとか少女漫画のなかで描かれる、学校のなかでの女の子同士の密接な関係って、百合好きだという自覚がなくても結構好きな人が多いんですよね。こちらも、そういうものが描かれた作品があふれていたわけではなかったので、自分が読みたい百合作品ばかりが載った本を作りたいな、と思って。

――「ないから作る」という、とてもシンプルな動機だったのですね。

霜月　同人誌を作る動機みたいなものです(笑)。私は、自分がすごく読みたいと思う同人誌が見つけられなくて、仕方なく自分で同人誌を作っていたところもあるので。それで、基本的に知り合いと、それから芋づる的な繋がりを駆使して同人作家さんを集めまして、九一年の四月に出したのが『ＢｏｙＢｅａｎｓ』と『ＧｉｒｌＢｅａｎｓ』です。所詮素人の集まりで販路なんて持っていませんでしたから、都内の書店を何店も回って、売り場に本を置いてもらえるようお願いしました。都外の書店に関しては、足で回るには限界があるのでどうしようかと思っていたところ、とても役に立ったのが漫画情報誌の『ぱふ』で。その頃の『ぱふ』にはどこの書店で『ぱふ』が買えるか、取り扱い書店リストが載っていたんです。『ぱふ』みたいなマニアックな雑誌を置いている書店だったら、きっと漫画に強いだろうし、そういうところなら興味を持ってうちの本も置いてくれるんじゃないかと思って（笑）。リストに載っている都外の書店に片っ端から連絡して、置いてもらえるようお願いしては、各店へ郵送していました。

そういう営業活動が功を奏したのか、次第にあちこちで置いてもらえるようになりまして、特に『ＢｏｙＢｅａｎｓ』は反応がよかったんです。書店によっては結構な数が売れましたね。そのうちに白夜書房から、『ＢｏｙＢｅａｎｓ』のような雑誌をうちから出しませんか、と連絡をいただきました。ちょうどそのとき、個人で出版業をやるのにちょっと限界を感じていまして……。というのも、本の中身は作れるのですが、在庫管理とかお金の管理とか、何より営業をするのが嫌で嫌で（笑）。社長で編集者で営業で、と何役もなんてもうやれない！といっぱいいっぱいだったもので、中身だけ作れるんだったら、とお話をお受けしました。それで、すたんだっぷとして請け負って作ることになったのが『イマージュ』です。

——心機一転、誌名も変えられて。

霜月　自分としては『ＢｏｙＢｅａｎｓ』のままで出したかったのですが、出版社にしてみるとその誌名は軽すぎる印象だったようです。その頃、男同士の恋愛を扱ったものは耽美といわれていました。退廃的とか背徳的なイメージがあったのでしょう。そういうものから受ける、ある種の重厚さのようなものを望まれたんです。それに、耽美色があったほうが取次に対してわかりやすくアピールできるということで、特に営業サイドからそういうものを、と強く要望されました。『イマージュ』の創刊号は背景が白くて、かわいい男の子ふたりが楽しげにダンスを踊っているイラストを用意していたのですが、その雰囲気もダメだ、と。それで急遽、背景は黒で、かわいいよりはきれいな印象のイラストに変更することになりました。たぶん、当時の出版社の男性たちにとっては、かわいいんじゃなくて美しい、明るいんじゃなくて暗い、そういう印象を受けるものが男性同士の恋愛を描いたものだというイメージがあったんじゃないでしょうか。耽美寄りなところから脱却したくて『BoyBeans』を作ったのに、結局脱却できない形でしか次のものを作れなかった。すでにそういうものは『JUNE』があるわけですから、似た路線では売れないんじゃないかな、と当初は心配していたのですが、創刊号が予想に反してたくさん売れて、驚きましたね。おかげで二号目からは好きなイメージで作れました。

——九一年の十二月に『イマージュ』は創刊されましたが、創刊号のキャッチコピーで〝BOY'S LOVE COMIC〟と銘打たれています。これが、雑誌や書籍などで男性同士の恋愛を描いたものをボーイズラブと初めて総称し、明記したものだと思われます。

霜月　そのようですね。BLを研究されている方などに、そうらしいと教えていただいて知りました（笑）。当時の私としては、男の子同士の恋愛を描いたものだから〝ボーイズラブ〟だろう、と深く考えずにコピーをつけたような気がします。単なる思い付きだったので、ほかの雑誌と被らなかったのが不思議なくらいで。ただ当時は、男性同士の関係を描いたものを指すのに〈JUNE〉や〈やおい〉が通称として使われていまして、私としてはそれまでとは違う言葉を使っていきたいと思っていたので、特に悩んだりすることなくつけたように思います。白夜書房の人たちは『COMICイマージュ』のことも〈JUNE〉と呼んでいましたけれど（笑）。コミケではいまだに、男性同士の恋愛を描いた創作同人誌のジャンル名称として、〈オリジナルＪＵＮＥ〉が使われていますが、今の若い読者さんのなかには、どうしてＢＬのことを〈ＪＵＮＥ〉と呼ぶんだろう、と疑問に思っている人もいるかもしれませんね。実は、『ＣＯＭＩＣイマージュ』でボーイズラブの略称として〝ＢＯＶＥ（ボブ）〟を提唱していまして、それが浸透するといいな、と思っていたのですが、残念ながら全然定着しませんでした(笑)。

そういえば以前に、漫画研究家で明治大学教授でもある藤本由香里さんの講座で、やおいやＢＬについてお話しする機会をいただいたことがありまして、そのときにボーイズラブという言葉を雑誌で使いはじめたのは『イマージュ』ですが、九〇年代中頃くらいから『ぱふ』がジャンルの呼称として使いはじめたことでボーイズラブという言葉が拡散、浸透した、というようなことをお聞きしたことがあります。

——確かにそういう面はあったかと思います。『ぱふ』九四年八月号で急成長しているＢＬ誌の特集を組んだ際に、そういった雑誌を〝BOY'S LOVE MAGAZINE〟と呼んでいて、その後も繰り返しジャンル名としてボーイズラブと使っていましたので。

霜月　〝ＢＬ〟と言いはじめたのも『ぱふ』なんですか？

——そのあたりは定かではないのですが、九七年のボーイズラブ特集では略称として

〝B・L〟と表記していますね。もともとは文字数短縮のために略して使用しはじめたのだと思いますが、二〇〇五年に『ぱふ』編集部が『BLM　ビーエルマガジン』という別冊を刊行しているので、そのときにはもう編集部では普通にBLと使っていたのではないでしょうか。九三年からBL誌の創刊ラッシュがはじまりますが、その当時は〝BL〟と謳っている雑誌はなかったように思います。

霜月　創刊ラッシュ！　そうでしたね。『イマージュ』が創刊したあと、ぽつぽつと雑誌が出たかと思ったら、九三年から次々と雑誌が創刊されたんですよね。なぜあのときに、あんなふうにどんどん雑誌が出ていたのか、実は私にはよくわからないんです。いろいろな出版社さんが参入されていましたが、この手の雑誌は売れる、とそんなにみなさんが思われる何かがあったんでしょうか(笑)。私にしてみれば、耽美とは違う、男性同士の恋愛ものをただ自分が読みたくて作っただけでしたから、どんどん創刊されていく状況がなんとも不思議でした。そもそも私、話があるものを読みたかったんですよね。

――話というのは？

霜月　八〇年代、同人誌の世界では、男性同士の恋愛関係を描いたものは〝やおい〟と呼ばれていて、これはもともと、漫画家の波津彬子さんたちが作った『らっぽり』という同人誌の「やおい特集号」で広く知られるようになった言葉なんですね。そこから派生して、ヤマもオチも意味もない作品はやおいと呼ばれていたのですが、その言葉のとおりに、みんなが描きたいシーンだけを描いたらエッチシーンが多いものができてきたんです。やおいという言葉ができてそういうものを描いていいという、いわば市民権を得たのかもしれません。背徳を感じさせるような雰囲気のあるものは、ストーリーもわりとあったんですけれど、ちゃんとしたストーリーがあって明るくて楽しいものを読みたいという思いが、私は強くて。だから、そういうものがたくさん載っている雑誌が作りたいというのが私のBL誌作りの動機だったので、どんどんBL誌が創刊されて、そんなに読みたい人がいたんだ!?　という驚きがありました。

なぜあのときブームが来たのかわからない

――『キャプテン翼』に出会う以前にも同人誌活動をされていたとのことですが、ジャンルは何を?

霜月　『科学忍者隊ガッチャマン』のジャンルで活動していました。かなり長いことやっていましたが、その頃って、今みたいにころころとジャンルが変わる人はほとんどいなくて、みんなかなり長いスパンでひとつのジャンルで活動するのが普通だったんですよね。安易にジャンルを移ると白い目で見られるくらい。特に、『キャプテン翼』は勢いがすごかったこともあって、良くも悪くも目立つ存在だったのでアンチも多くて。それまでのジャンルから『キャプテン翼』に移るのは、なおのこと大変だったんですよ。それもあって、『キャプテン翼』で活動をはじめるまで少し時間がかかったのですが、移動したらやっぱり楽しかったです。同人誌関係で友だちが増えたのも『キャプテン翼』で活動をはじめたあたりからですね。そのときの縁でのちに本を作りました(笑)。

――『ガッチャマン』や『キャプテン翼』で同人誌活動をされていた頃は、二次創作に比べると、オリジナルJUNEと呼ばれていたジャンルはそれほど活況ではなかったように思います。

霜月　そうですね。とにかく二次創作の同人誌が大流行していました。オリジナルJUNEのサークル数はそんなに多くなかったと思うのですが、山藍紫姫子さんや花郎藤子さんのようにとても人気のある書き手さんはいらっしゃって、オリジナルでは漫画より小説の書き手さんのほうが目立っていたかもしれません。白夜書房は、九〇年代前半に

ＢＬで一定の実績を積めたと思っているのですが、それはその時期に単行本を刊行させていただいた山藍さんたちの存在が大きいですね。独特の世界観をお持ちで、作品も素晴らしかった。ただ、ＢＬと一言でくくっても、二次創作系の同人誌作家さんが中心だった漫画と、オリジナル同人誌や『ＪＵＮＥ』の小説道場出身の作家さんが中心だった小説とでは、それぞれ状況が違ったと思いますが、より勢いがあったのは漫画のほうだったような気がします。

――『Ｂｏｙ Ｂｅａｎｓ』創刊の際に声をかけたのは二次創作系の作家さんとのことでしたが。

霜月　そうです。当時すでにプロとして活動していた人も結構いて、その人のアシスタントさん繋がりや、特に繋がりはなくても、自分が好きで本を買っていた同人作家さんにも声をかけました。

――みなさん、その時点でオリジナル作品の執筆経験はあったのでしょうか。

霜月　ほとんど経験はなかったんじゃないかと思います。でも、オリジナルと二次創作の違いはあっても、結局みんな漫画を描くのが好きだということもあって、快く協力してくれました。『イマージュ』が創刊してからは、その人たちとの戦いが待っていましたね。

みんな引き続き協力はしてくれたのですが、締切どおりに描かない(笑)。とにかく執筆陣から原稿をもらうのが大変だった思い出があります。

――『イマージュ』創刊号は予想外に売れたとのことでしたが、それはわりとすぐに手応えを感じられたのですか？

霜月　創刊直後から反応がすごくよかったんです。それ以降も順調でした。誌面で原稿を募集したところ山ほど送られてきましたし、みんなこういう雑誌を待っていたんだな、と思いました。『イマージュ』は、載っている漫画がいずれも内容的にそんなに過激ではなかったので、それも受け入れてもらいやすかった理由だったんじゃないでしょうか。その後、今度は内容が過激じゃないという理由で、売り上げが落ちていくことになるのですが。

――九〇年代頭から二〇〇〇年初頭あたりまで、BL誌がどんどん創刊され、ジャンルが確立されていきましたが、その状況はどのようにご覧になっていたのですか？

霜月　あっという間にブームが来たという感じでした。ブームの最高潮時は、書店に行くと毎回何かしら新しいBL誌が見つかるような状況だったので、この勢いはすごいな、と。先ほども言いましたが、なぜその時期にブームが来たのか、理由はよくわからなかったんですけれど(笑)。ただ、『イマージュ』も流れに乗っかることができた感じだったので、それは正直ラッキーだな、と思っていました。今思うと、九〇年代って、ＢＬだけじゃなくてミステリーでも新本格ブームがあったり、ＳＦでもバブルっぽいムーブメントがあったように思います。出版界全体に不思議な勢いがあったんですよね。ＢＬもそのへんにうまく絡んだ結果なんじゃないかと思うのですが。

――当時は、ＢＬバブル期とでもいいましょうか、いろいろなＢＬ誌が数多く創刊されましたが休刊も多く、現在も刊行されているような長命な雑誌は一握りです。

霜月　創刊されては三号で休刊する雑誌を三号雑誌などといいますが、ＢＬ誌も三号雑誌が多かったですよね。ジャンルに人気があっても、そうそう雑誌が続くものではないんだな、とつくづく思います。

――ＢＬバブルというのは、出版社にとっては追い風が吹いている状況だったと思うのですが、編集の現場ではどう捉えていたのでしょうか。

霜月　とにかく営業サイドからＢＬ関連のものを強くプッシュされていたので、売れている、という実感はありました。編集部として間借りしていた部屋が営業部と同じフロアだったこともあり、営業部の方からダイレクトに話を聞ける環境だったんです。ブームが来てから、作品内であまり同性愛だということを意識させないほうがいい、と営業部の方に言われたこともありましたし、男を好きになってゲイだと悩むのはあまりウケないので明るい路線で、と言われたこともありました。当初の暗いイメージをプッシュしてたのはなんだったんだと(笑)。書店から意見や感想を聞いてきては、編集部に伝えてくれていたので、それはありがたかったです。あんなに営業と編集が近かった雑誌もめずらしかったんじゃないでしょうか(笑)。

あのときは、とにかくBLが売れるということで、会社からも営業からもどんどんコミックスや単行本を出すことを望まれていました。編集としては、もっとじっくり時間をかけて描いてもらいたかった作品や、成長をゆっくり待ちたかった作家さんもいたのですが、とにかく今出せ、早く出せ、という流れで、それが叶わないのが心苦しかったです。ひたすらジャンルの勢いに追い立てられていたような気がしますね。

――そのジャンルの勢いは、長く続くものだと思っていましたか?

霜月　ブームは終焉するものですから、こんなお祭り騒ぎはずっとは続かないだろう、とわりと早くから思っていました。どんどん雑誌が創刊される一方で、消えていく雑誌も見ていましたし。作り手だけでなく、きっと読者さんもお祭り状態がいつまでも続くとは思っていなかったんじゃないかと思います。そんなブームの最中、『イマージュ』が徐々に読み手の方たちに選ばれなくなっていくのは、作りながらよくわかっていました。このままではダメだとは思っていたし、もっとエロをいっぱい入れて、もっと売れる作家さんを使って、とよく外部からも言われていたのですが、どうしても流行りには寄せられなくて。もともと『イマージュ』で描いていただいていた作家さんは、おとなしめの作風の人が多かったですし、ストーリー重視というか、出会って二コマめでベッドシーンというような作品は載せたくないという思いもあったので、それが時代には合わなかったということなんでしょうね。数字は落ちていく一方でした。個人的には[1]今市子さんの「ＢＬ」を世に出せたのはよかったと思いますね。

――『小説イマージュ』についても聞かせてください。『イマージュ』創刊の翌年、九二年に『小説イマージュ』は創刊されましたが、ＢＬ漫画誌に続きＢＬ小説誌も刊行するというのは、編集部としては自然な流れだったのでしょうか。

霜月　小説誌も、というのは白夜書房の営業サイドからのリクエストだったように思います。『小説イマージュ』を創刊する前に、同じく九二年から白夜耽美小説シリーズという書籍シリーズの刊行をはじめまして、なかでも山藍さんの『瑾鵾花《きんこんか》』という作品がものすごく売れたんです。この小説シリーズは、ハードカバーとノベルスの中間くらい、小さめの単行本だったのですが、男性同性愛の小説本って、それまでそんなに刊行されていなかったんですよ。角川スニーカー文庫から独立するような形で、角川ルビー文庫が創刊されたのも九二年ですから、この年あたりからBL小説がどんどん刊行されるようになったんだと思います。白夜耽美小説シリーズが創刊された当時はまだめずらしい部類で、それもあってか売れ行きがとてもよかったので、『小説イマージュ』を出すよう白夜書房側から言われるのは、当たり前といえば当たり前のことでした。営業部としては、とにかく書店で棚を確保したい、という考えがあったようで、同人誌の書籍化や書き下ろしをお願いするだけでは刊行点数に限界があるので、小説誌を創刊してそこでの連載作品からコンスタントに本を作っていこうという計算だったのではないかと思います。

『小説イマージュ』の表紙イラストは、竹田やよいさんにお願いをしていまして、特に気合を入れて描いていただいていました。天野さんのところで働いていたこともあって、イラストというのはそのあと画集に収録できることを体感としてわかっていましたし、竹田さんのイラストはとても素敵でしたから、いずれイラスト集を作ることも念頭に置いていたんです。同時に、表紙はあくまでもイラストを活かす形でデザインしてもらい、カッコいい表紙に仕上げてもらっていましたが、これはデメリットもありました。雑誌の表紙としては、イラストを映えさせるというより、文字をにぎやかに入れて目を引くようなものにしなくてはいけなかったんですよね。今思うと、編集者としては間違っていたなあ、と。

——漫画、小説を問わずBL誌が乱立していた頃は、作家のスケジュールの取り合いなども激しかったと聞いています。

霜月　『イマージュ』も『小説イマージュ』も売れっ子さんばかりに依頼するような雑誌ではなかったのですが、それでも作家さんのスケジュールを押さえるのは大変でした。BL作家は数年先までスケジュールが埋まっているなんて、よく言われていましたよね。BL作家全員がそうだったとは思いませんが、当時は明らかに作家市場だったとは思います。作家さんのほうが強い立場でものを言っていた気がしますね。依頼を引き受けてもらったあと「ネタがないから描けません」と言われたこともありました。私は書き手でもあったので「ネタがないなら考えればいいじゃないか」と思っていたんですけれど(笑)。ダメだしされると描けなくなるからネームは見せません、と言われたこともありましたね。作家さんのなかでも、活動の主軸が同人誌にある人のほうが、特にそういう傾向が顕著だったように思います。

——[2]作家の同人誌活動を明らかに編集部が許容していたのもＢＬ誌の特徴ですよね。

霜月　同人誌で人気のある作家を起用して、そういう人が実際に売れるという部分もありましたから、許容せざるを得なかったと思います。今だと出版社も作家も公式サイトやツイッターなど告知するツールを持っていますが、当時はそんなものがなかったので、作家さんが自分の同人誌で本や雑誌を宣伝してくれると、結構な効果があるわけです。それを見込んで同人作家さんを起用していた部分もありましたし。ＢＬと同人誌は、切っても切れない関係だと思いますね。『キャプテン翼』以降、女子向け同人誌の裾野が広がったことが、ＢＬの活性に繋がったところがあるのではないかと思います。二次創作だと、大概キャラクター同士の恋愛関係が描かれることが多いので、ＢＬと読者が重なったというのもあるかもしれません。

読者の好みが細分化し多様化した

——『イマージュ』の編集者という顔のほかにＢＬ小説家としての顔もお持ちでしたが、

ご自身も商業誌で執筆をはじめられたのは、『小説イマージュ』創刊と同時期ですか？

霜月　そうです。小説家さんの数をそんなに揃えられなくて、自分も同人誌で小説を書いていたので、穴埋め要員のような形でした。どさくさにまぎれて商業誌で小説を書きはじめた感じです(笑)。

——編集者と作家の二足のわらじは、切り替えが大変ではありませんでした？

霜月　雑誌を作っているときはもちろん編集の比重が高くて、今回は何ページ空きそうだから、とそれに合わせて小説を書くという、編集部御用達の作家でした。ただ、もともとの私の作風がそうなんですが、エロの要素は少なくて、ＢＬではありましたがＳＦだったりホラーだったりミステリーだったりしていたので、好き勝手に書いていた作家でもありました。枚数を合わせるのがいちばんの役目、みたいな(笑)。

——クリエイターとして見るＢＬ界と、編集者として見るＢＬ界の景色は違いましたか？

霜月　景色はあまり違わなかったですね。編集者として見たとき、自分たちが作っている雑誌が売れなくなった理由はわかっていました。作家として見たとき、自分の作品が売れない理由もわかっていました。どっちもエロが足りない。当時、それだけその要素が重視されていたということでもありますが、自分が作っていた雑誌も書いていた作品も、その流れにそぐわなかったんですよね。今のBLでもかなりハードな本はありますが、当時はお祭り騒ぎのなかで、エッチ描写をもっとディープに、もっとハードに、という風潮がありました。その流れに乗れなかったという反省点はあります。編集者としては、もっと激しいものを、と刺激を求めるその流れがいつまでも続かないだろうと思っていました。過激さを売りにした雑誌やアンソロジーが急に休刊したりするので、過激描写が保険になるとは思えませんでしたし。自分が作りたかった、エロ要素は少なめで気持ちの描写に重きを置いたものがいつかまた支持を得ると思っていたのですが、雑誌の体力的に間に合いませんでしたね。あるとき「次で終わりだから」と突然出版社から休刊を告げられて、そのときには作家さんたちに休刊と言われた号の次の号用にネームを出してもらっていた段階でしたので、申し訳なくて。なんとか出版社と交渉して、すたんだっぷが印刷代も原稿料も払うということで最終号を出させてもらいました。あとから原稿料代だけは返してもらえましたけど。

——いずれは、エロ要素が少ないものでも支持を得るようになると確信していたのですか？

霜月　確信までの強い気持ちはなかったかも(笑)。ただ、そうであってほしいとは思っていました。もっと編集者としてがんばって、売れっ子の作家さんに描いてもらったり、時流に合った作家さんを起用する機会を作っていたりしたら、もう少し長くあの雑誌を続けていられたかもな、とは思います。当時の自分は、新しい才能を開拓していくような気力が乏しかった。やっぱり根底に、エロじゃないところで繋がりのある、ほのぼのウォーミングな作品が載っている雑誌にしたいというのがあって、そこをどうしても譲れなかったんですよね。今振り返ってみれば、『イマージュ』は、学生の漫画研究会の会誌みたいな雑誌だったな、と思うんです。売れ線を追っているわけではなくて、実験的な部分もあって、コアな読者も付いていて、そして、どこか垢抜けていなかった(笑)。ブームのなかでメインストリーム的な雑誌ではなかったし、そうなりたかったわけではありませんが、長く続けられなかったのは、やはり残念ですね。

——印象としては、ＳＭだとか過激描写が多い作品が増えはじめると、ジャンルとして落ち着いてきたのかな、と思います。ＢＬも緊縛や凌辱がテーマで過激さを売りにしたアンソロジーなどが目立ちはじめたとき、このブームはもう落ち着きはじめているということなのだろうな、と思っていました。

霜月　あ、その感覚はわかります。個人的には当時の流れは、自分が好きで望んだボーイズがラブしているものではなくて、ただのポルノグラフィになっていってしまったなあ、というちょっと寂しい思いがありました。私が好きだったBLは、ポルノグラフィ的なものではなかったので。だからこそ、またいつか私の好きなBLに戻ると、戻ってほしいと思っていました。九〇年代半ばも過ぎると、同人誌の世界も二次創作ブームが多少は落ち着いて……というかジャンルが分散するようになっていた印象で、それとBLも同調するように、読者の好みが細分化したんじゃないかと思うんです。好みがバラバラになったので、エロを共通要素にするしかなくて、わかりやすく過激になっていったのかな、と。

——ブームが落ち着いて、その先BLというジャンル自体が衰退して消えてしまうかも、といった懸念はありましたか？

霜月　衰退してもジャンルは残ると思っていました。ただ、雨後の筍みたいに雑誌がぽこぽこできるような状況は、もうないんじゃないかな、とも思っていました。

——『イマージュ』は九五年に休刊しましたが、その後また新たにBL誌を作ろうとは思いませんでしたか？

霜月　それは思わなかったですね。休刊前あたりから、小説の仕事が結構忙しくなっていて、編集の仕事を請ける時間と気力がなくなっていましたから。その頃、一ヶ月に一冊くらいBL小説を書いていまして、今思うと、どうしてあの頃あんなに書けていたのかわからないのですが(笑)。結局、そのときも期待に応えられるようなエロのある話は書けていなかったので、ずいぶん担当編集者さんを困らせていたと思うのですけれど、当時は、特に何か言われるようなことはありませんでした。このあたりがBLのメリット・デメリットあるところだと思います。現在はどうかわかりませんが、その頃は、編集さんは作家の書いてくるプロットや原稿をわりとすんなり受け取っていたんですよ。そこで編集さんから意見を挟んだり、というようなことは、そうそうありませんでした。打ち合わせらしい打ち合わせがないというか。というのも、当時のBLって、現在のBLほどBLを好きな編集さんが作っていたわけじゃなくて、BLのことなんてよくわからないおじさん編集者が結構いたんです。ただ原稿を受け取ればいいやという感じの。そういうタイプ以外だと、BLの編集さんは作家を育てるというより、いかに人気の出そうな同人誌作家を見つけてくるかという、目利きであることを望まれているのが特徴的でした。これは今でもそうなのかもしれませんが。

——書き手として関わっていて、編集者からの要望の変化を感じたことはありますか？

霜月　特に要望を出されていた覚えはないのですが、過激さが求められ出した頃かな……

もういつ頃だったか定かじゃないんですが、三回は受けをイかせてくださいね、と編集さんに言われたことがありました（笑）。そのときに、やっぱりエロは強いんだな、と思いましたね。

好き勝手に書いてばかりだった自分が言えることではないとは思いますが、編集者は作品を売るために作家にはっきりと要望を伝えなくちゃいけないと思います。そこで作家がそれに添って作品を書くかは、また別ですよ。ただ、編集も作家も好き勝手に自分のやりたいことだけやって、それで売れるということは、そうそうないんじゃないかと思いますから。互いのやりたいことの摺り合わせが必要なんじゃないかと思うんです。それができるのが打ち合わせの場だろうと思うんですよね。

――『イマージュ』の創刊から数えても四半世紀が過ぎました。ＢＬというジャンルの変化で何か気づいたことはありますか？

霜月　全体としては成熟したんじゃないかと思います。学生から社会人になった感じ？（笑）ＢＬで人気のシチュエーションの変化としても、学生ものが流行って、社会人ものが流行って、それからいろいろな職業ものが流行って。主要登場人物の年齢が上がってきて、現在は学生ものからオヤジものまで、さらに細分化されている感じがします。あと受け攻めの好みに関して読者さんが柔軟になりましたよね。たとえば年上受けにしても、以前だったら攻めより身長が高い受けは、読者に受け入れられませんでした。おじさん受けとかもダメでしたね。それが許容されるようになった。以前よりも作家の嗜好を出しやすくなったんじゃないでしょうか。

当初、少数派だったものが受け入れられるようになるには、時間がかかるものだと思います。私が『ガッチャマン』で活動していた頃、はじめのうちはジョー受けなんてありえないという感じの風潮だったんです。でもひとりの作家さんが「実はジョー受けが好きで……」とやりはじめると、じわじわ「私も実は……」と追随する人が出てくる。一度固定概念化したものを覆すのは、どうしたって時間がかかります。BLもジャンルとして長く続いてきたからこそ、ここまで柔軟なものになったんじゃないかな、と思います。

——少数派の萌えにオピニオンリーダー的な作品が登場すると、その萌えに風が吹く感はありますね。

霜月　あ、そうですね。こんな萌えは自分だけかもと思っていた人が、仲間がいると気づいて支えられたり、新たにその萌えに目覚める人もいたりして、自然と勢いが生まれるのではないでしょうか。作家が多様化したように、読者の好みも細分化して多様化して、なおかつそれを受け入れられるようになったということでもあると思います。読者が選べるくらいのバリエーションがＢＬに生まれて、広がりを持った。それはいいことですよね。男性同士であることも、ネックとして描かれるとは限らなくなりましたし。以前だったら男性同士であることが〝壁〟だったけれど、今はそれがもう壁にはなりにくいですよね。物語の盛り上げとしては、たとえば好きになった相手が[3]ヤクザの組長だとか(笑)、違う〝壁〟を用意するようになったと思います。物語として、主人公たちが男性同士でなくてはならないという縛りが弱くなったとは思うけれど、そういう作品もないわけではないので、男性同士ならではの葛藤を好む人も、自分の好みに合った作品を選べるようになっていると思いますし。

――多様化はなぜ起こったと思われますか？

霜月　ＢＬの作家や読者に新しい層が加わったことは、大きいのではないかと思います。同人誌だったら『ＳＬＡＭ　ＤＵＮＫ』くらいから、『ＪＵＮＥ』の存在を知らずに二次創作からやおいに足を踏み入れた人が作家や読者に増えていった気がするんです。その人たちがＢＬに流れてきて、同時に、ＢＬからそういう世界に足を踏み入れたという人も増えてきた。それが多様化に繋がっていったんじゃないでしょうか。もちろん『ＪＵＮＥ』

の流れから来ている人もいますし、それこそ様々ですよね。そういう諸々が合わさって、BLは現在の形に進化したように思います。

BLというジャンルが培ってきた信用

――これまで出会ったなかで、特に印象深いBL同人誌について教えてください。

霜月　初めて行ったコミケ（第二回／大田区産業会館で開催）で、あさぎり夕さんの『ガッチャマン』の同人誌を購入し、雷に打たれたようなショックを受けました。いいショックでした。はっきりと魅力を感じたのは、〈シャアをネタに遊ぼう会〉というサークルが出していた『シャア出世物語』という同人誌です。当時、ひとりのキャラの相手はひとりというのが普通だったんですよ。カップリングが固定されているというか、それが暗黙の了解としてありました。でもこの同人誌では、シャアは出世のためにいろいろな人と関係を持って、相手によって受けだったり攻めだったりする。すごくリベラルでした。女性とも関係したりしますしね。漫画同人誌が多いなか小説だったのも印象的でした。当時としては、内容もハードだったし（笑）。私自身、そんなに数を読んでいないので世界が狭かったとは思いますが、『シャア出世物語』を読んで、すごく衝撃を受けました。二次創作でのやおいはこうあるべき、という固定観念から解き放たれた感じがしたんです。この本と出会ったおかげで、私ももっと自由に書きたい、と思うようになりました。私の中では女性向け同人誌の世界が一皮剥けたような、そんな特別な同人誌でした。

——では、商業ＢＬで印象的な作品といえば？

霜月　こちらについても、編集者としての仕事以外であまり数を読んでいないので狭い範囲での話なのですが、山藍さんの『瑾鵰花』でしょうか。もとは同人作品ですけれど、クオリティも売り上げも、刊行当時のほかの作品と比べて抜きん出ていたと思います。忘れられない一作ですね。

——そもそもご自身がＢＬに感じていた魅力とは、どんなものなのでしょうか。

霜月　ＢＬというか、男性同士の関係に魅力を感じていたという意味では、自分の萌えが発露した原体験は『ガッチャマン』なんです。もともとアニメを見ていて、その頃から好きなことは好きだったのですが、大学のときにガッチャマン好きな人がなぜか周りにいて。いや、好きになったから自然に増えていったのかな？　当時アニメと漫画の研究誌（当時は会費をもらっていたサークル誌ですね）をやってたのですが、どんどんガッチャマン寄りになって、ガッチャマン同人としては大きなサークルになっていきました。アニメで描かれていない日常生活で、彼らがきゃっきゃうふふしている様を想像するのが楽しくて、そういうものが書かれているものを読みたかったし、書きたくなったんです。感じていた魅力というと、そこですね。ふたりの関係性に惹かれるというか。エロがあってもなくてもいいんです。……ないよりはあったほうがいいかな(笑)。関係性に魅力を感じるから、昔も今も、キャラクター単体ではそんなに萌えません。幼い頃から男の人ふたり組が好きでした(笑)。[4]ヘイズとカーリーとか、[5]カークとスポックとか。バディものが好きですね。

――『ガッチャマン』以前に萌え的なものを刺激された作品は何かありますか？

霜月　萩尾望都さんの「トーマの心臓」、竹宮恵子（恵子）さんの「サンルームにて」という『風と木の詩』の原型のような作品……、名香智子さんとか、岸裕子さんの美少年、美青年ものも好きでした。あと……子どもの頃に読んだ[6]『魔法のつえ』という童話がありまして、好きなところに飛んでいける不思議なつえを持っている男の子の話なんです。とある王子様が誘拐されて、主人公の男の子が王子様を助けるために魔法のつえで飛んでいくんですが、助けにいった場面で、さるぐつわをされロープで縛られた王子様と助けに来た男の子が美麗なイラストで描かれていて、よくわからないけれどものすごくときめいたのを覚えています（笑）。攫われて縛られているのがお姫様じゃなくて王子様というのがよかったのかも。そうだ、せっかくだから教えてください。ご自身が初めて萌えを刺激されたものはなんでしたか？

――具体的な作品でこれ、というよりは、バディものやチームで戦うロボットアニメなどが好きでした。小学生くらいのとき、ロボットアニメが花盛りだったのですが、大概三人から五人のチームでロボットに乗り込んでいて、紅一点の女子キャラがいたりいなかったりしまして、子ども心に女子キャラはいなくてもいいなあ、と思いながら見ていました（笑）。その頃からミステリー小説が大好きでしたけれど、たいてい探偵と助手が出てくるバディものとしても読めたので、そのあたりも好きだった理由なんじゃないかと。

霜月　じゃあ『シャーロック・ホームズシリーズ』なんかもお好きで？

――そうですね。とある作品に、馬車のなかでホームズがワトソンの膝に手を置くシーンなんかがあったりするのですが、なんでホームズはワトソンにちょいちょい絡むんだろう、と思いながら読んでいました。あと、パトロンという言葉の意味を愛人的なものだと間違って理解していて、[7]金田一耕助にパトロンが三人いると知ったときは、勝手に大きな衝撃を受けたりしていました（笑）。

霜月　私もミステリー小説が好きで、[8]『御手洗潔シリーズ』と[9]『浅見光彦シリーズ』の同人誌を出していました。浅見光彦本を二百冊作って無料配布したり（笑）。綾辻行人さんの『館シリーズ』では鹿谷さんと江南くんが好きで、結構彼らの二次小説も書きましたね。おそらくミステリー小説の二次創作同人誌が増えたのは、新本格ブームの頃からですよね。先ほども少し話題に上がりましたが、九〇年代の新本格やＢＬのブームって、時代の追い風みたいなものもあったと思うんです。それまでの流れも背中を押してくれますしね。

　たとえば、八〇年代後半から高河ゆんさんやＣＬＡＭＰさん、尾崎南さんといった女性向け同人誌界でものすごく人気のあった作家さんが商業誌で活躍しはじめますが、あの人たちが活躍されたからこそ、そのあとの同人作家さんたちが同人誌から商業誌へ移行しやすくなったと思います。先人たちが才能と実力を示してくれたから、まだまだ力のある作家さんが同人界に埋もれていることに商業誌を作っている人たちが気づいた。ＢＬ誌が創刊されたあと、同人誌活動を経て商業誌で活動するようになった人たちが実績を残したからこそ、現在でも出版社の人は、イベントに作家を探しに出かけたりしますよね。それはこれまでＢＬというジャンルが培ってきた、ある種の信用みたいなものなのだと思います。実力のある人はまだまだいるぞ、という。

——ご自身は、現在は時代小説などをご執筆されていて、ＢＬはメインの活動フィールドではありませんよね。

霜月　いろいろやらせてもらっているのですが、近刊は時代小説ですね。最近は編集部からの要望もあって、キャラクターと設定に重きを置いたものを書くことが多いです。ＢＬを書きたい気持ちがないわけじゃないのですが、今はほかのジャンルのほうがＢＬより創作欲が上回っているような感じです。片方がヘテロで、片方がその人に片思いしている話で、エロがなくてもいいといってくれるところがあったら、ＢＬ小説を書きたいですね（笑）。

——今後のＢＬ界に望むものを教えてください。

霜月　できるだけ廃《すた》れないでほしいと思うので、才能ある人たちがどんどん出てきてくれるといいと思います。どんなに遠くにいても孫は元気で健やかに育ってほしいのと同じ気持ちで（笑）、これからもＢＬが成長していってくれるとうれしいですね。

——またＢＬ誌を創刊したりは……。

霜月　ない、ない（笑）。私、どんぶり勘定で管理能力もあるわけではないので、本来なら編集業なんて向かない性質なんですよ。あのとき、あのタイミングで、あの当時の自分だから『イマージュ』は作れたのかもしれないですね。当時は大変なことばかりだったけれど、『イマージュ』を作っていたことは、自分にとってはとても意義があったことだと思っています。

——ボーイズラブという言葉を世に送り出されたわけですし。

霜月　こんな後世まで残るような言葉になるとは思っていませんでした（笑）。だから、というわけではないけれど、やはり私もＢＬは好きなので、これからも作品が生み出されていって、読者さんが楽しめる状態が続いてほしいと思います。

霜月りつとBL

九一年に創刊された『イマージュ』は、BL漫画誌の先駆け的な一誌で、その創刊号の表紙に〈BOY'S LOVE COMIC〉というキャッチを銘打った人物こそ、当時は〈あらきりつこ〉という名義で同誌を立ち上げ、編集長を務めていた霜月りつである。九二年に『小説イマージュ』を創刊後は、白城るた名義でBL小説も執筆。作家としても雑誌を支えていた。現在、霜月りつのほかに複数名義で小説を上梓している。

註

1 良作のオリジナルBL同人誌を刊行しつづけていたことから、知る人ぞ知る存在だったが、九三年、『COMICイマージュ vol.6』でデビュー。ファーストBLコミックスは『マイ・ビューティフル・グリーンパレス』（白夜書房）。九五年から朝日ソノラマ刊行のホラー漫画誌『ネムキ』で連載が開始された『百鬼夜行抄』でBLファン以外からも注目を集めるように。

2 連載の柱や作家からのメッセージ欄に同人誌活動の告知が掲載されるなど、雑誌公認でBL作家が同人誌活動をしていた。現在もその状況に変わりはない。

3 BLでは小説、漫画を問わず、ヤクザの世界を舞台にしたり、ヤクザが主要キャラクターとして登場したりする作品が多い。これはBLならではの特徴といえる。

4 日本では七二年に放送が開始された海外テレビドラマ『西部二人組』に登場する、ハンニバル・ヘイズとキッド・カーリーのコンビ。

5 日本では六九年から放送開始された海外テレビドラマシリーズ『スタートレック』に

登場する、ジェームズ・T・カーク、スポックのこと。

6 ジョン・バッカン『魔法のつえ』（講談社ほか）。藤子不二雄Ⓐ、藤子・F・不二雄の両漫画家も少年時代に夢中になって読んだというエピソードがある作品。

7 横溝正史の推理小説に登場する名探偵。ぼさぼさ頭に帽子、よれよれの袴姿がトレードマーク。登場する一連の作品は数多く映画化され、人気を博した。

8 作家・島田荘司が手がける人気ミステリーシリーズ。占い師で脳科学者でもある探偵役の御手洗潔と、助手を務める石岡和己のコンビが二次創作ジャンルで人気を集めた。自作に関する二次創作活動を暗黙の了解的に認めている作家が多いなか、島田荘司自ら、『御手洗潔シリーズ』の二次創作活動をしている作家たちと組んでアンソロジーを刊行したりするなど、好意的な姿勢を表に出している。

9 ルポライターの浅見光彦が探偵役を務める、ミステリー作家・内田康夫の人気シリーズ。テレビドラマ化、映画化されていることもあり、浅見光彦は知名度の高い国産探偵のひとり。

ZINE BE×BOY』
初代編集長
田《た》歳《とし》子《こ》

Profile

男性同士の恋愛を描くオリジナル作品を集めたアンソロジー『b-boy』を九一年十二月に刊行。好評を得たことから、雑誌の創刊を企画する。新雑誌に先だって、九二年十二月にコミックスレーベル・BE×BOY COMICSを立ち上げ、第一弾ラインナップとして、創作同人誌ジャンルで人気のあった、こいでみえこ『放課後の職員室』、少年漫画誌でデビューしたという異色の経歴を持つ、こだか和麻『KIZUNA ―絆―』を刊行。翌九三年三月に新雑誌『MAGAZINE BE×BOY』を創刊し、初代編集長に就任する。瞬く間に大人気雑誌となった同誌は、BLブームを牽引する中心的存在になっていく。九七年に社名がビブロスに改称され、BLジャンルにおけるリーディングカンパニーとして、読者にもビブロスの名前は浸透、BL関連部門の業績も安定していたが、〇六年四月に兄弟会社だった株式会社碧天舎が破産したことに関連し、同社も倒産となる。翌月にBL関連の出版事業を継承したリブレ出版株式会社がアニメイトグループ傘下として設立され、一一年六月、代表取締役社長に就任するが、編集の場から退くことはなかった。その後、十五年以上務めた『MAGAZINE BE×BOY』編集長の座

『MAGA

太《おお》

からは降りるも、いち編集者として現在も変わらず現場に携わっている。リブレ出版株式会社は一六年五月、ユーザーの細分化されたニーズに応える総合コンテンツ会社を目指して、社名を株式会社リブレに変更した。

読者さんも、作家さんも、
自分にとっての理解者であり、
共犯者という思いを抱いていました

読んでハッピーになるものを作りたかった

——太田さんは『MAGAZINE　BE×BOY』の初代編集長を務められましたが、BL誌の編集に携わる前から、男性同士の恋愛関係を描いた創作物に興味をお持ちだったのでしょうか。

太田　はい。子どもの頃からそういうものに心惹かれていました。男性同士の関係を描いた作品が好きだという自覚ははっきりあったので、小説や映画、漫画などでそれっぽい作品がないものか、いろいろ探しまわっていました(笑)。BL作品がない時代を過ごした方ならわかっていただけると思うのですが、そういうものに対して嗅覚が冴えて、ないなりに近い作品を見つけられるようになっていきました。萌えのなせる業なんでしょうか……(笑)。

——男性同士の恋愛関係を描いた創作物に興味があったということですが、『JUNE』や『ALLAN』は読まれていましたか?

太田　もちろんです(笑)。特に『JUNE』は『JUN』の創刊号から読んでいて、バイブルとして楽しませていただいてました。そのうちに『ALLAN』も創刊されて、こちらも同様に楽しく読ませて頂き、今思えば自分の趣味を謳歌していましたね（笑）。

――では、趣味と実用を兼ねた仕事に就かれたわけですね（笑）。九一年に男の子同士の恋愛を描いた作品を集めたオリジナルアンソロジー『ｂ－ｂｏｙ』を刊行されますが、その経緯を教えてください。

太田　私が入社する前、八八年に青磁ビブロスから『パッツィ』というオリジナル漫画誌が創刊され、その編集に携わることになったので、そこで描いていただける作家さんを探していたんです。そうしたところ、同人誌のオリジナルジャンルにはプロ並みの作品を生み出している方が何人もいらして。その作家さんたちに商業のオリジナル作品を描いてもらったら、支持を十分に得られる商品になる、と思っていました。

そんなとき、社の上の者から、オリジナル作品を集めた雑誌を出すよう指示があり、背中を押される形でやってみよう、と。

――オリジナルアンソロジー『ｂ－ｂｏｙ』の創刊時、想定していたモデル誌やライバル誌はありましたか？

太田　創刊準備をしているときは特になかったです。『ｂ－ｂｏｙ』のような系統で定期刊行する雑誌を作ろうという話になってからはありましたが。

――そのとき頭にあった雑誌の誌名をお聞きしてもいいですか？

太田　ふゅーじょんぷろだくとさんの『ＫＩＤ'ｓ』という雑誌です。すごくキラキラした印象の本で、同人誌で人気の作家さんも多く執筆陣にいらしたこともあって、おこがましくもライバル誌として意識するなら『ＫＩＤ'ｓ』さん、と思っていました。

――作ろうという話になった定期刊行する雑誌というのが『ＭＡＧＡＺＩＮＥ ＢＥ×ＢＯＹ』のことだと思いますが、同誌は九三年に創刊されました。準備期間はずいぶん設けられていたのでしょうか。

太田　さほどは設けていなかったように思います。創刊の前年に、雑誌に先行する形でコミックスレーベルとしてＢＥ×ＢＯＹ ＣＯＭＩＣＳを立ち上げ、コミックスをまず創刊させていただいてから雑誌を創刊、という流れにしていたので、コミックスレーベルを創刊してから雑誌の創刊まで半年も時間が空いておらず、あっという間だったように思います。

――雑誌のコンセプトとして、〝男と男の『少女漫画』〟を考えていたと、お聞きしたことがあります。

太田　自分たちでも男性同士の恋愛関係を描いた作品を扱う雑誌を作りたい、と考えたときに、既存のものとは違うものがいいという思いがありました。それと、『JUNE』作品を読ませていただいていたときに、テーマ的に悲しい印象の作品が多く、そこが大好きでもあったんですが、明るいものも同じくらい読みたいなって、気持ちを持つようになり…。おそらく、昔から少女漫画をずっと好きで読んでいたこともあって、少女漫画みたいな、胸ときめく男性同士のライトなお話がもっと読めたらな、と自然と思うようになっていったのだと思います。それで、新雑誌のコンセプトはそういう方向で固めまして、どなたかに説明する際にわかりやすくお伝えするにあたって〝男の子同士の『少女漫画』〟とお話しさせていただいていました。

読んでハッピーになるものを作りたかったんです。それと同時に、当時はまだ「同性愛ものが好き」という想いに対して付いてくる、周囲への背徳感や後ろめたさのようなものが存在していたので、それも払拭できれば、という気持ちもありました。明るくて楽しい作品を打ち出して、そういうものに、ずっと飢えていた自分みたいな人がいたとしたら、その人たちと一緒に楽しめたらいいな、と想像してみたりしながら(笑)。

――新雑誌創刊にあたって、執筆作家の選考には何か基準があったのですか？

太田 ジャンルに関係なく、作品を描いていただきたいと思う方にお願いしました。同人誌界はいつだって新しい才能が集まっているのですが、八〇年代末から九〇年代前半もそういう状況だったこともあり、この作家さんたちの才能がほかにも輝く場所があれば……、そんな思いもありました。

どこが天井なんだろうと思うくらい部数が伸びつづけた

——『MAGAZINE BE×BOY』創刊にあたって、何か苦労されたことはありますか?

太田　あのときは苦労を感じるよりも、創刊される日が楽しみで仕方がなかったです。アンソロジーを刊行しているときから、読者のみなさんから応援のおハガキをいただけるようになり、それが制作の励みになっていたのですが、コミックスレーベルとしてBE×BOY COMICSを立ち上げたら、そこでも予想外なほど大きな反響をいただいて、その手応えを得ての新雑誌創刊だったので、次はどんな反応をしていただけるか、どんなふうに喜んでいただけるのか、という期待のほうがはるかに大きかったんです。

——九二年にコミックスレーベルが創刊された際の反響は、そんなにも予想外でしたか。

太田　ある種の反響はあるのかも？とは思っていましたが、読者さんにはその想像をはるかに超えて喜んでいただけました。以前から一般ジャンルのオリジナルコミックスを刊行していましたが、オリジナルで男の子同士の恋愛を描いたコミックスというものがどう受け取られるのか、正直不安がありました。でも、面白いから出してみよう、という気持ちで踏み切ったところ、発売直後からすぐに品切れ状態になり、重版がかかってはすぐにまた品切れになるという状況が続いて、みんなでうれしい悲鳴の上げ通しでした。もともと少数派だとしても必ず存在していると信じていた、そういうものが好きな人たちに向けて出させていただいたところもあり、たとえ大ヒットといかなくても、その人たちに届けば今後も細々とやっていこうと考えていたくらいだったので、過度な期待は抱いていなかったんです。そんな感じだったのが、蓋を開けたらあまりに反響が大きくて、とにかくびっくりしました。

――『MAGAZINE BE×BOY』創刊のときも同様にうれしい悲鳴を？

太田　はい（笑）。創刊号発売後、すぐに品切れになったので本当に驚きました。書店で手に取ってもらいやすいよう、装幀も中身も少年誌や青年誌を意識してデザインしてもらっていたのですが、その甲斐あってか、多くの方に手にしていただけてとてもありがたかったです。

――耽美色の払拭も相当意識されましたか？

太田　そこはとても難しい点だったのですが、意識はしました。読みやすく、手に取りやすいものを、という思いはありましたが、男同士の恋愛ものでは乗り越えなければいけない壁だったり葛藤だったりが描かれていることも重要だと思うので、明るく楽しいこととその点のバランスをどう取っていけばいいか、手探り状態で作った創刊号でした。あまりあっけらかんとオープンにしすぎるのもどうかとか、かといって耽美にしすぎるのもどうかとか、始終悩みながら作りましたので、それが読者さんにどういう印象を持たれるのかドキドキしていましたが、読んでくださった方々からはおおむね好評をいただきまして、それについてもうれしい驚きばかりだった記憶があります。

――創刊時を振り返って、もっとも思い出深いのはどんなことですか？

太田　部数ですね。本当に思いもよらない数字になりましたし、創刊以降、コミックスも雑誌も、出すもの出すものすべて売れていく感じでした。それまでに刊行していた雑誌やコミックスとはまったく部数が違っていて、創刊以降、どこが天井なんだろうと思うくらい毎回伸びつづけたんです。

――雌伏してそういうものが刊行されるのを待っていた人たちが、本当に大勢いたのではないかと思います。

太田　自分と同じように飢えるような思いでコンテンツを楽しみに待っていてくださった方たちがいたんだと思うと、部数は素直にとてもうれしかったですね。そういう意味では、創刊後、ずいぶんと長いこと気持ちが高ぶっていました(笑)。

――九三年三月に『MAGAZINE BE×BOY』が創刊されたのが皮切りとなったように、BL誌の創刊ラッシュがはじまりましたが、渦中の一誌としてはそのような状況をどうご覧になっていましたか？

太田　これもまた驚いていました。ジャンルの勢いは本当にすごかったと思います。雑誌の数が増え、読者のみなさんがＢＬ誌を手に取りやすい環境ができたのはよかったなと思う一方、ＢＬが好きな読者のひとりとしては、ＢＬ雑誌を創刊するありきで、このジャンルを歯車的に扱われてしまうんじゃないかという小さな葛藤がありました。

自分たちが雑誌を作るうえでは、その雑誌に載っている作品に描かれている関係が、男の子同士である意味が絶対に必要だと頑なに考えていましたので、その大事な部分を手放さないようにしたいと強く意識していたんです。ただ、他誌さんのご活躍が目立ったりすると、人気を集めた作品に迎合したほうがいい部分もあるのではないか、などと不安になって迷うこともありました。それでも作家さんと一緒に自分たちが考えたものを作っていくしかないので、そこだけは何があっても見失わないようにしたいと思いながら仕事をしていました。

――『MAGAZINE BE×BOY』は瞬く間に、BL誌のオピニオンリーダー的存在になり、メインストリームを歩まれていた印象があります。「そうありたい」という意識はあったのでしょうか。

太田　結果的に周りからそう思っていただいていたのならありがたいことではありますが、作っている側としては、読者さんに望まれるものを、楽しんでいただけるものを、という意識しかなかったように思います。

世の女性のなかには、男の子同士の恋愛が好きな一定の層がある

――萌えやシチュエーションのムーブメントを意図して起こすというよりは、読者からの要望を細かなところまで掬い上げて提示するというように、BLは読者のニーズに出版社

側が殊更敏感な印象があります。

太田　そういうところはあるかもしれませんね。読者さんの求めているもの、作家さんが描きたいもの、自分たちの作りたいもの、三点で成り立っているそのどのバランスが崩れても、大勢の方に楽しんでいただけるものにはなりきれない気がします。このバランスを保つことは永遠の課題だとも思っていまして、いまだにそこは難しいと感じるところです。

――『MAGAZINE BE×BOY』創刊以降、十五年以上の長きにわたって編集長を務められていましたが、自分の作りたいものとして読者に送り出したい作品と、読者が望むものの間にギャップを感じたり、何かジレンマを感じるようなことはありませんでしたか？

太田　……それが大きなものは特になかったように思います。自分の感性とは全然違うものを求められることもありますが、だからといって理解がいかないとか面白くないとは思わないので。実は私が言いつづけている「読者さん」というのは、作家さんもそうなのですが、ずっと長い間、誰にも言えずにいたこの自分の嗜好に対して、承認いただけるような存在なんです。そんな存在に対して、自分にとっては唯一の理解者であり、共犯者という思いを抱いていました。そのためか、いつも読者さんのほうを向いていたいという思いが自然にありましたし、どんな読者さんにも楽しんでもらえるものを、と考えながら作らせていただくのは、すごく楽しかったんです。またほかにもいろいろと刊行していたので、バラエティ豊かに様々な雑誌や作品を送り出せる環境にもいたため、深く考えることなく自然と対応できていたのかもしれないですね。

——読者の好みが細かくなり多様化していった点には、どのように対応されたのでしょうか。

太田　多くの読者さんに楽しんでもらいたいと考える以上、多様化への対応は、日々葛藤しますね。ただ、対応策のようなものをあえて考えたことはありませんでした。『MAGAZINE BE×BOY』に関しては、こういうものしか載らないというような縛りはないと思っていて、いろいろな題材を取り入れられる媒体だと考えていたので、面白いと思う作品はどんなものでも送り出していましたから。

『MAGAZINE BE×BOY』も流行を追ってはいる気がするのですが、『MAGAZINE BE×BOY』はこういう雑誌!という、これといったはっきりとした色がないように思うんです。それが特長なのかな、と。なんでもありな雑誌で、特性というものがない。あるときから、これはもうそういう雑誌としてやっていこうと思うようになりました。同時に、いつまでも貪欲に、どんなものでも取り込める雑誌でいたいと思っていました。

――たとえば、掲載作の好みがずれてきたり、そのほか様々な理由で雑誌から読者が離れてしまうことはままありますが、そのあたりは敏感に意識されているのでしょうか。

太田　意識しているというのとは少し違うかもしれませんが、世の女性のなかには、男の子同士の恋愛、または恋愛でなくてもバディものが好きだったりする一定の層があるのでは?と思っていて、この層は何があってもなくならない層なんじゃないかと考えているんです。ＢＬブームのバブルが弾けても、どれだけジャンル全体の売り上げが衰退しても、この層だけは絶対になくならない気がします。私もその層に何十年もいるひとりなので、このことには確信があるんです(笑)。最終的にはこの層に向けてずっと何か発信していければいいなと思っているので、その周りの層で今後、熱量の変化があったとしても、それは気にしないでおこう、と考えているんです。

――あくまでもＢＬを愛する万年氷河層みたいなところにベクトルが向いている、と。

太田　そうです。そこに対して裏切るようなことをしなければ、絶対に読者さんからの需要はなくならないと思っているので、ジャンルの勢いがすごかったときも、それがいずれ衰えてしまうかもしれない、と特に不安を覚えるようなことはありませんでした。私はどちらかといえば気が小さいほうなので、他誌さんがすべてキラキラして見えるため、ほかの雑誌のことを気にしはじめるとそれこそ不安のスパイラルに陥ってしまいそうで、あえて気にしないようにしているところがあるかもしれません。一度気にしてしまうと、おそらく必要以上に他誌を意識して迷いつづけてしまうと思うんです。なので余計に、万年氷河層だけを見るように意識を向けていたのかもしれません。絶対にそこは揺るがないし、いつまでもそこにいていただける同士だと勝手に思っている層ですから(笑)。今では当時の勢いからするとジャンルもずいぶん落ち着いてきましたが、自分たちの姿勢は以前から変わらないといえば変わらないんです。

——創刊以来、ブレていないわけですね。

太田　視線の先は変わっていません。ただ、いま思えばバブルのときに、もうこんなことは二度とないかもしれないからと、さんざん浮かれておけばよかったです(笑)。

作りたいものはいつも欲張りな気持ちから生まれたもの

――九〇年代中頃から広がっていった、ジャンルの呼称としてのボーイズラブという言葉にはどんな印象をお持ちでしたか？

太田　特に意識したことはありませんでしたが、見る見る間に広がっていった言葉でしたね。ボーイズラブという言葉が登場する以前に、弊社では〝BOY'S MAGAZINE〟というキャッチをつけて〝ボーイズ〟と総称していたこともあり、みなさんがボーイズラブというようになっても、なんの違和感も感じることはなかったです。

――男性同士の関係を描いた作品に対しては、一定の読者層がいることを確信していたとのことでしたが、ここまでBLというものが一ジャンルとして確立するようになると思っていましたか？

太田　そうなればいいな、くらいでした。現状は、以前よりはBLというジャンルの存在が広く知られるようになっているのかな、とは感じます。ただ、最近メディアで使われているBLという言葉は、使われ方に少し違和感があるというか、語弊がある気がしますね。少年愛や同性愛そのもののことをＢＬと言っていることがあって、そういうのを耳にしたり目にしたりするたびに、そこはちょっと使い方が違う気がする……と気になったり（笑）。でも、ここまでジャンルが拡大した一端は、そうやってメディアが特集したりして取り上げて、それまでＢＬを知らなかった人の目にも触れるようになったことが大きいんですよね。ボーイズラブという言葉自体これほど広まったのも、先程、[1]経緯をお伺いしたように『ＣＯＭＩＣイマージュ』さんが最初にキャッチで使用された「ボーイズラブ」という言葉を使って『ぱふ』さんが何度も特集を組まれた結果だったりと、メディアの持つ力はとても大きいと思います。

――ビブロスは、ジャンルが確立されていくわりと初期から、ドラマＣＤやＯＶＡ、声優さんが出演されるイベントなど、ＢＬに新しい流れをどんどん取り入れる出版社だった印象があります。

太田　新しいことをやるんだ、といった気概があるというよりは、読者さんに望まれたことや自分たちがやってみたいことを、やれるときが来たらやるという感じでした。何かをすごく無理してやってきたという記憶がないんです。無茶した結果、読者さんを裏切るようなことになるのが何より怖かったので。

——そういうときに安定の万年氷河層があるから大丈夫、とは思いませんでした？

太田　その層の方々って、すごく目が肥えている方が多いと思うんです。そのぶん厳しい目もお持ちなので、待ってくれているという信頼感もありましたが、ここを失望させては万年氷河も溶けてしまいかねないという危機感も持っていました。なので、この層からは目を離さずに、いかにこの層に厚みを増してもらえるかが大事だな、と。

——現在でも『MAGAZINE BE×BOY』や『BE・BOY GOLD』、[2]各種アンソロジーや受注生産制のコミックス、電子書籍など、王道作品から年齢でゾーニングされた過激なものまで、多彩な作品を送り出しています。

太田　私たちが作りたいものって、いつも欲張りな気持ちから生まれたものなんです。明るくて楽しいものだけでなく、『JUNE』さんが大事にしていらした耽美的なものから、また過激な描写のあるものなど、なんでも読みたいし、読者さんたちに楽しんでもらいたい。あれもこれもってなってしまうんですよね(笑)。

——『MAGAZINE BE×BOY』や『BE・BOY GOLD』は創刊から時間がだいぶ経っていますが、読者の嗜好の変化などにあわせてコンセプトを変えようかと思われたことはありますか？

太田　コンセプトについてだけでなく、日々迷ってばかりです。そのときの人気の傾向や流行の要素など、情報はどんどん入ってきますから、それをどう活かしていくべきか。見るべきところは万年氷河層だとわかってはいましたし、そこを見つめてもいましたが、それ以外を無視していいというわけではありませんから。そこのバランスをどうとるか、日々悩んで迷って、それは今のデスクの代になっても変わりません。既存の読者さんを大切にしつつ、新規読者さんに関心を持ってもらう。それはやっぱりそう簡単なことではありませんし。どんな媒体もいろいろな意味で新陳代謝がないと生き残れないと思います。万年氷河層もそのなかで新陳代謝は起こっていると思いますし。

——ＢＬ誌は、複数の雑誌で作品を発表される作家も多く、人気作家は必然的にスケジュールの取り合いになり、ずいぶん先までスケジュールが埋まると聞きます。すでに人気のある作家だけでなく、これから注目を集めるであろう作家に早めに声をかけてスケジュールを確保したり、同人誌界で実力のある描き手を発掘したりなど、編集者さんは日頃からアンテナを張っておく必要がありますよね？

太田　それればかりは普段から意識的にそうするしかないですね。ただし、作家さんのスケジュールに関しては、体当たり的なところも正直あって、実際、その時になってみないとその作家さんの状況がわかりません。スケジュール的に大丈夫そうだからお声をかけて掲載、というような判断は勝手にできないわけです。するとやっぱり、その作家さんが描かれる作品が面白いかどうか、その作家さんの作品が読みたいかという基本に立ち返るしかないんですね。アンテナを張る際に大事なのはそこだと思います。たとえば、[3]二十四年組の先生方の作品が時を超えて世代が違う人たちにも愛されつづけているように、誰かが絶対に面白いと推すものは、何年経っても面白いはずなんです。だから、基本はその作家さんの作品が面白いかどうか、そこを意識してアンテナを張るしかない。でも、シンプルなことですよね。

癒される時間を提供できるコンテンツを

——あらためて聞かせてください。ご自身の考えるＢＬの魅力とは、いったいどんなところにあると思われますか？

太田　いろいろあるとは思うのですが、いちばんは……ちょっと陳腐な言い方になりますが、やっぱり愛が描かれていることだと思います。普遍的な愛がＢＬ作品のなかにあると思うんです。現代においても、女性が性的なものに興味を持ったり、それを楽しんだりすることは、社会的にまだまだ公言しにくいところがありますが、自分を含めて女性のなかにはそのような欲求があることに自覚的な人もいると思います。そういう女性に向けられた媒体って、実はそんなにないんですよね。性的な要素もあって、でも体だけじゃない繋がりも表現されていてほしいとなると、なおさらのこと。BLには相手の心を希求する思いが強い物語が多くて、そこが魅力だと思います。個人的には、相手を強く望む気持ちがあったうえでの体の関係というのが、好みの展開なのですが(笑)。実は、私は小さい頃から大人の男女の恋愛が刹那的に見えて、将来を悲観するような……どうしようもない子どもだったんです(笑)。そんなとき、偶然、終わりのない男性同士の関係を描いた作品に出会い、本当に心が救われた思いがしました。そんなふうに、男性同士の恋愛には生きる希望を抱かせる力があります。今後も勝手に「共犯者」と気持ちを寄せる読者の方々に楽しんでいただくために、同じく「共犯者」である作家さんたちと一緒に、ずっと発信していきたいという気持ちを抱かせる、私にとってはそんな魅力的な世界なんです(笑)。

——現在は、『MAGAZINE BE×BOY』編集長の立場から離れていますが、機会があったら、編集長として陣頭指揮を執りながら新しいBL誌を創刊したいとは思いませんか？

太田　編集長の座から退いただけで、今でも『MAGAZINE BE×BOY』の編集業務はやっていますし、作家さんと一緒に作品づくりは以前と変わらずやらせていただいておりますので、特に自分が旗を振って新しい雑誌を、というのは考えていません。それよりは、自分よりもっと読者さんと近いスタッフたちが中心になって雑誌を作っていくのを、一緒に楽しみたいと思っています。個人的に今もBLが大好きですし、小説や漫画、アニメなどのエンターテインメントも好きで楽しんでいます。その点では読者さんたちと同じだと思っていますので、今は読者目線で自分たちの雑誌に足りないものを要求していきたいと思っています。もし、どうしても自分で雑誌を一冊作りたくなるような企画が頭に浮かんだら、そのときは編集部に企画書を提出させていただきます（笑）。どんなチャンスでも見つけたらすぐに動けるよう、アンテナも張って、自分のスイッチはいつでもオンにしておければ、この先もずっと楽しいですよね。

――『MAGAZINE BE×BOY』の創刊から二十年を超える月日が流れた今だからこそ、何かあらためて感じることはありますか？

太田　そうですね……。今思うと、創刊以来、読者さんから飽きられないように、ということをずっと意識していたように思います。商業誌ですから、読者さんがいて、雑誌を買っていただいて初めて成り立つ商品なんですよね。やはり読者の存在は特別大きいですし、いちばん怖い存在でもあると思います。自分たちが読み手でもあるのでわかるのですが、読者さんの目って、あたたかいけれど厳しいじゃないですか。粗《あら》を見過ごさずに、玉石混淆から玉を探していく。そんな目を持った読者さんにも満足してもらえるような作品を手掛けていきたいと思っています。

それと、結構前に刊行された作品でも電子書籍化されるものが増える一方、電子書籍発の新作も増えているのですが、電子書籍を入口にBLに足を踏み入れる新しい読者さんもいますので、過去の作品も最近の作品も同じ土俵で読者さんの目にさらされて、そこから選択されて読まれるようになっていると思います。よりいっそう好みにあった作品を読みたいと読者さんから求められていくのだと思いますが、そこは臆せず、類まれな才能を持って生まれた作家さんたちと共に応えていきたいです。BLというものがテレビや雑誌で取り上げられることがそんなにめずらしくはなくなりましたが、認知度が高くなったからといって、出せば売れるというものではないわけです。絵なりストーリーなり、または別のものなり、何かしら抜きん出ている作品が人の目を引きつけるというのは昔から変わらないと思います。そういうものをお届けしたいです。

——BLジャンルにおけるご自身の今後の展望を教えてください。

太田　これまでと大きく何が変わるというものでもないのですが、自分たち作り手側が面白いと思っているものを発信しつづけることが叶えばうれしいです。それは同時に、読者さんが求めているものを発信しつづけたいという想いでもあって、面白いと思うものを読者さんと共有しつづけたいと願ってここまでやってきていますから、これからも同じ方向を見ていけたらと思います。読者さんの好みがどれだけ細分化されても、作家も読者も編集者も誰ひとりとして好みが被らないものなんてないと思うんですね。世に出るものは、どれも誰かに望まれたものなのだと思っています。もしかしてこの先、一度細分化されたものがまとまって統合されるような変化があったとしても、それは多くの人が望んだ結果、そうなるのだろうと思います。

流れに逆らうだとか、新たなムーブメントを起こそうだとか、そういうことは考えていません。自分たちのやりたいことだけに頭をいっぱいにしてしまうのでなくて、いつでも読者さんが見ている方向に寄り添うことができれば本望です。

そして、ずっと目の肥えた万年氷河層にいる方々に、面白いと言っていただけるものを発信できれば幸せです。女性がこの世にいる限りこの層は存在しうると思うので、自分たちにとっては、ずっと……どんなときでも支えてきてくださった、そこにいる方々がある種の指標なんだと思います。夜空に輝く北極星みたいな感じといいましょうか(笑)。その層の人たちをはじめ、ＢＬに心惹かれている読者さんの癒しになる時間を提供できるようなコンテンツをこれからも生み出していきたいです。

太田歳子とBL

九三年に創刊された『MAGAZINE BE×BOY』は、当初から絶大な人気を博し、九〇年代半ば前後に巻き起こったBLブームの中心的存在だった。その『MAGAZINE BE×BOY』創刊の立役者として知られ、同誌の編集長を長きにわたって務めていた太田氏だが、メディアへの露出は少なく、創刊当時のことなどが語られる機会はこれまであまりなかった。現在、株式会社リブレ（旧・リブレ出版株式会社）代表取締役。

註

1 取材の合間、〈ボーイズラブ〉という呼称が拡散していった状況についての推察をインタビュアーが話していた。

2 アンソロジーシリーズ『b-BOY』（『b-BOYキチク』『b-BOYドS』『b-BOYらぶ』など）や、完全受注生産で刊行された座裏屋蘭丸のコミックス『VOID』、電子雑誌『b-boyキューブ』など。

3 昭和二十四年頃に生まれ、七〇年代に少女漫画の世界を革新させた女性漫画家たちを指す。青池保子、木原敏江、竹宮恵子（現・竹宮惠子）、萩尾望都、山岸凉子など。

―コラム・「あの頃」の現場―

書店員が見た当時のＢＬ

高狩高志

書店員として本を売る側から見ていた、九〇年代のＢＬの様子を思い出しながら書いていきたいと思います。思い違いなどあるかもしれませんが、その際はご容赦ください。

まず、私が書店勤めをはじめたのが九三年頃なのですが、所謂アニパロアンソロジーがかなり出版されている状況で、「メイドイン星矢」や「サムライキッズ」（ともに青磁ビブロス）などが人気でした。その一方で、同人誌を知らない子供が原作と間違えてアニパロアンソロジーを買ってしまい、親御さんからクレームがくるということもありました。当時はまだコミック専門店も少ない時期だったこともあり、アニパロアンソロジーやＢＬを店頭に置いていない店も多かったと思います。オリジナルのコミックスも青磁ビブロスなどから発売されていましたが、他各社あわせても月に三、四点とまだまだ数が少なかった頃ですね。なので、BLの扱いとしては女性コミックの延長線上にあるものといった感じで、特にジャンル分けなどをせずに並べていました。

当時の青磁ビブロス（のちにビブロスに改称）のコミックスは、扱いが「書籍」だったため通常のコミックと違い、書店から頼まないと商品が入らない仕組みになっていました。毎月問屋（取次）から届く新刊ラインアップを確認し、注文書を手書きで出していたのを思い出します。この頃はまだ、BLという言葉を耳にすることはほとんどありませんでした。当時話題になっていてよく売れた「ペンギンの王様」（秋田書店）の著者、真東砂波先生が出したＢＬコミック「ＦＡＫＥ」（青磁ビブロス）を多く仕入れていたことが印象に残っていますが、とはいえ、まだまだ発売される点数も少なく、あくまでも女性コミックの品揃えを増やすという形でBLコミックスを置いていたため、BLが売れるという印象は、個人的にはあまりありませんでした。実はこの後に違う仕事を三年ほどしておりまして、BLが売り上げ的にも隆盛を極めはじめる部分を見ていないのがちょっと残念ではあります。

九八年頃から再度書店員に戻り、大型書店勤務になったのですが、その店にはすでに少女漫画とは分けた形でBLだけの棚が作られていました。その当時の棚の分類名は〈耽美〉でした。今でもその言葉を分類として使っているお店はあると思いますが、都心などではめっきり見なくなりましたね。〈耽美〉〈BL〉〈ボーイズラブ〉以外の分類名を使っているお店はあるのか、気になるところです。

この頃のBLの印象として覚えているのは、とにかくBLに携わる出版社が増え、コミックスの発行点数も増えたことでしょうか。同時にBL誌の刊行点数が増え、アニパロではないオリジナルBLアンソロジーも数多く店頭に並ぶようになりました。職場にネット環境がない時代だったこともあり、雑誌とアンソロジーの区別が付かず、お客様からの問い合わせに答えるのも一苦労だったことが思い出されます。

最近は、WEBコミック「裏サンデー」（小学館）のコミックスレーベル〈裏サンデーコミックス〉からBLが出たりもしていますが、少女漫画誌に連載されていた尾崎南「絶愛 —1989—」は特殊例としても、九〇年代や〇〇年代中頃あたりは、一般のコミックスレーベルからBLが出ることは稀でした。もともとBL誌で連載されていた作品「世紀末★ダーリン」（なると真樹）が九九年に秋田書店・きらら16コミックスから発売された時には、どの棚に置けばいいのか？と悩んだり、白泉社のジェッツコミックスから九八年に発売された「ニューヨーク・ニューヨーク」（羅川真里茂）や〇六年に小学館のJUDYコミックスから発売された「窮鼠はチーズの夢を見る」（水城せとな）などもレーベルで並べるか、内容からBL棚に置くか、とても悩んだものです。

ただ当時、大手出版社からBLコミックは出ることがなくても、大手の少女小説レーベルからBL小説が出ることはありました。集英社のコバルト文庫からBL小説が出た時は驚いたものです。講談社のX文庫ホワイトハートや小学館のパレット文庫からもBL小説が発売されていました。講談社のX文庫は背表紙の色でジャンルを区別しており、一目でBLとわかる親切仕様だったので、迷うことなく他のBL文庫と並べていたのですが、それ以外のレーベルは内容を読まないと判断できないのが困りモノでした。

　当時からBL小説は新書判と文庫判が多く発売されていましたが、最近は文芸小説のような四六判ソフトカバーの書籍も多く発売されており、ますます多様になっています。書店員の本音としては、サイズが多岐にわたると棚を作り変えなくてはいけないので、コーナー作りが大変だったりするのですが。

　〇二年に現在でも続いている大ヒット作品「純情ロマンチカ」（中村春菊・KADOKAWA）の連載がはじまりましたが、当時は、中村春菊先生がそれまで作品を描かれていた桜桃書房が倒産し、出版社を移籍したという印象しかなかったので、正直よもやここまで売れる作品になるとは思っていなかったです。他には「春を抱いていた」（新田祐克）、「KIZUNA ―絆―」（こだか和麻）、「同棲愛」（水城せとな）、「ジェラールとジャック」（よしながふみ）、「LOVE MODE」（志水ゆき）など、九〇～〇〇年代前半は、やはりビブロスの作品の売れ行きがとてもよかった印象です。

　自分が勤めていた書店では、関連商品としてドラマCDも扱っていました。一般のCD流通とはちょっと違うメーカーさんからの売り込みで扱うことにしたのですが、条件が厳しく返品ができなかったため、最終的には結構な在庫量になってしまったうえに、メーカーが倒産してしまったことが忘れられません。そのCDを扱っていた書店は結構多かった気がするのですが、自店では最後はセール品として処分することになりました。しかし、今ネットで調べてみると、再販されていない商品が多いのか、プレミアが付いている作品もあったりして、安売りせずに続けて売っていてもよかったのかもしれません。ちなんで、BLの少々苦い思い出としては、熱狂的なファンが多いゆえか、店頭に飾ったポップや、貼っておいたポスターの盗難が多かったことでしょうか。当時はまだ珍しかった大判ポスターを出版社さんにいただいて貼ったところ、一週間も経っていないのに盗られた時はもう苦笑いしかありませんでした。岩本薫・不破慎理「YEBISUセレブリティーズ」（ビブロス）の大判ポスターを盗った人は、今からでもいいから返して欲しいです。

最近ではめずらしくなくなりましたが、著者さんが出版社の人と一緒に書店をよく回るようになったのも〇〇年に入ってからでしょうか。ご挨拶をして著者さんから色紙をいただき、それを店内に飾り付けたあと写真を撮って後日著者さんにお見せしたりしました。著者さんに売り場を見て喜んでいただけるのは嬉しいものです。当時は、来ていただいた著者さんにサイン本を作ってもらうことはほとんどなかったのですが、今は来店されると必ずサイン本を作らせてもらっていますね。

これまでBL作家さんのサイン会も何度か自店で行わせていただいています。BL作家さんならではの特徴的なこととして挙げられるのは、とにかく著者さんからサイン会に参加する方へのお土産が豪華ということでしょうか。ペーパー、コピー誌、同人誌などはまだわかりますが、グッズを自腹で作る方が多いのには驚きです。タンブラーをお土産にするからとダンボールを何箱も店に搬入された時はさすがにびっくりしました。同人誌活動をやっている先生はそういうノウハウがあるからこそできることなのだろうと思いますが、いつも圧倒されます。

自分が書店業界に入った二十年前は、ＢＬはあくまでも欲しい人が探し出して買うマニアックなジャンルでしたが、今は間口が広がりましたね。男性も普通にＢＬを買っているのを見る度にそう思います。現在自分が働いている店舗でＢＬコーナーを作る時に考えたのは、万が一、条例などで有害指定された時にもきちんと対応出来るようにしようということでした。これだけＢＬを扱う店が増えている現状で、ＢＬと知らず手に取ってＢＬ作品にハマってくれる方が増えるのは書店としても嬉しいのですが、何かと間違えて買ってしまい、店にクレームが来るケースも少なくありません。最近は18禁仕様として発売されるＢＬも出はじめました。書店員としては、様々なお客様に喜んでもらえる売り場作りを続けて、この先十年、二十年とＢＬを見守りたいと思います。

高狩高志（たかかり・たかし）
都内大型書店でコミック売り場を担当している現役書店員。漫画に関して幅広い知識を持ち、出版社営業担当からも頼りにされている。

おわりに

本書でインタビュアーを担当したのは、十代で女性向け二次創作同人誌ブームの洗礼を受け、そのままの勢いでのちにＢＬと呼ばれるようになる漫画、小説にどっぷりと浸かり、浸かったままいまなおその楽しさを日々享受している者です。まさにあの頃、熱に浮かされたように次から次へと作品を読み耽り、満喫していた読者でした。

あの頃のＢＬの話をしませんか？

そんな読者からの要望に快く応えてくださった、よしながふみ氏、こだか和麻氏、松岡なつき氏、霜月りつ氏、太田歳子氏には、あらためて感謝申し上げます。どの方にもけっして短くはない時間を割いていただき、貴重な話をたくさん聞かせていただきました。

三崎尚人氏、高狩高志氏には、それぞれの立場、視点から示唆に富んだテキストをご寄稿いただくことが叶いました。

イラストは、漫画家・ナツメカズキ氏にお引き受けいただき、素晴らしい男子ふたりを描いていただきました。清冽かつ華のあるイラストで本書にお力添えを頂戴しています。

そのほか本書に関わってくださったすべての方々にもお礼を申し上げます。

そして、この本を手に取ってくださったあなたに、最大級の感謝を。

またどこかで、あの頃のＢＬの話ができることを願って。

葵月吉日　かつくら編集部

あの頃《ころ》のBL《ビーエル》の話《はなし》をしよう　ボーイズラブ インタビュー集
2016年7月7日　第1刷発行

編　かつくら編集部

発行者　難波千秋
発行所　株式会社 桜雲社
〒160－0023
東京都新宿区西新宿8－12－1ダイヤモンドビル9F
電話：03－5332－5441
FAX：03－5332－5442
http://www.ownsha.com/
E-mail：info@ownsha.com

印刷・製本　株式会社 誠晃印刷

　ISBN978-4-908290-20-6